KB069359

너랑 걷는
이 길이 참 좋아

너랑 걷는 이 길이 참 좋아

'기승전-딸을 외치는 딸 바보 아빠의 성장기'

초 판 1쇄 2024년 02월 05일

지은이 이길환
펴낸이 류종렬

펴낸곳 미다스북스
본부장 임종익
편집장 이다경
책임진행 김가영, 윤가희, 이예나, 안채원, 김요섭, 임인영

등록 2001년 3월 21일 제2001-000040호
주소 서울시 마포구 양화로 133 서교타워 711호
전화 02) 322-7802~3
팩스 02) 6007-1845
블로그 http://blog.naver.com/midasbooks
전자주소 midasbooks@hanmail.net
페이스북 https://www.facebook.com/midasbooks425
인스타그램 https://www.instagram/midasbooks

ⓒ 이길환, 미다스북스 2024, *Printed in Korea*.

ISBN 979-11-6910-478-4 03810

값 17,000원

※ 파본은 본사나 구입하신 서점에서 교환해드립니다.
※ 이 책에 실린 모든 콘텐츠는 미다스북스가 저작권자와의 계약에 따라 발행한 것이므로 인용하시거나 참고하실 경우 반드시 본사의 허락을 받으셔야 합니다.

 미다스북스는 다음세대에게 필요한 지혜와 교양을 생각합니다.

'기승전-딸'을 외치는 딸 바보 아빠의 성장기

너랑 걷는 이 길이 참 좋아

이길환 지음

미다스북스

아이는 비가 내려서
다행이라고 말합니다

지난 5월 5일에는 비가 세차게 내렸습니다. 바람까지 심해 체감 온도도 상당히 낮았습니다. 아침부터 딸아이의 기분을 살핍니다. 온전한 자신의 날을 손꼽아 기다렸던 터라 새벽부터 들려온 빗소리에 실망하진 않았는지 걱정이 됩니다. 다행히 어린이집을 가지 않는다며 마냥 행복해합니다.

그래도 집에만 있는 게 아쉬워 지역에서 하는 행사장을 찾았습니다. 딸아이는 우산을 쓰고 수십 개의 체험 부스 사이를 이리저리 뛰어다닙니다. 그러다 조금 출출해져 아이가 좋아하는 군것질거리를 하나 샀습니다.

그런데 갑자기 굵어진 빗줄기에 우산을 들고 뭔가를 하기가 버거워졌습니다. 겨우 한 건물의 처마를 찾아 비를 피해봅니다. 이내 딸아이는 달콤한 추로스를 한 입 베어 물고는 이야기합니다,

"비가 와서 참 다행이다."
'아이도 내심 비 오는 감성을 즐기는 건가?'라고 생각하는 순간, 딸아이가 말을 이어갑니다.

"꽃이랑 풀들이 마음껏 물을 마실 수 있잖아."

순간, 아내와 전 서로를 쳐다보며 깜짝 놀랍니다.

우리가 생각하는 걱정이 아이에게는 걱정이 아닐 수 있습니다. 아이가 바라보는 세상은 그저 순수하고 아름답습니다. 이렇듯 우리의 마음속 어딘가에 숨겨져 있는 순수함을 되찾는다면, 지금 당신이 하는 걱정은 걱정이 아닌 게 될지 모릅니다.

세상이 만들어낸 걱정을 '진짜 걱정'으로 여기는 어른들을 보며, 아이들은 어떤 생각을 할까요?

어린이집을 가지 않았다며, 일어나자마자 사탕을 먹을 수 있었다며, 그리고 비가 내려서 다행이라며 행복해하는 딸아이를 품에 안습니다. 그리고 이내 마음속 걱정 한 가지를 덜어내봅니다.

2023년 5월 어느 봄날,
아이의 눈으로 바라본 세상

목차

2장_ 그녀를 믿으세요

3장_ 아빠의 '사색의 기록'

1장

아이의 손을 잡고 걸어봅니다

아빠로서 아이의 세상이 늘 궁금합니다.

그리고 지금, 아이의 손을 잡고 키를 낮춰 걸어봅니다.

그러자 세상은 오색찬란한 빛으로 물들었고,

나무며 풀이며 새들이 다정하게 말을 걸어오기 시작합니다.

'작은 아이의 세상'은 '키 큰 아빠의 세상'보다 더 넓고 아름다웠습니다.

아이와 손을 잡고 걷는 이 길이 참 좋습니다.

첫딸은 무조건 아빠를 닮는다고?

맞는 말 같습니다. 이건 마치 우주의 신비한 기운이 세상의 모든 첫딸들을 아빠와 닮게 만들어버린 건 아닌지 의심이 들 정도입니다. 그런데 말이죠. "아빠랑 붕어빵이네."라는 말이 왜 이렇게 듣기 좋은 걸까요? 물론 딸의 입장은 잘 모르겠습니다. 아무튼, 6살 딸아이와 저는 외모는 말할 것도 없고 순간순간 나오는 사소한 습관까지 판박이인 것이 한둘이 아닙니다.

하루는 딸아이를 데리고 부모님 댁에 들렀습니다. 어머니께서 우리가 온다는 연락을 받으시고는 손녀에게 아빠의 어린 시절을 보여주겠다며 옛날 사진첩을 미리 찾아놓으셨습니다. 가족이 거실에 둘러앉아 사진첩을 펼쳐봅니다. 유치원 학예회에서 색종이 모자를 쓰고 앙증맞게 율동하는 어린아이가 나라니, 마냥 부끄럽습니다. 마침 아내가 사진 속의 어린 나를 가리키며 딸에게 묻습니다.

"채원아, 누구 닮은 거 같아?" 아이는 사진을 물끄러미 보다가 힘없이 말합니다.
"나…?" 그 모습이 '웃프다(웃기면서 슬프다)'고 해야 할까요? 하지만 제 눈에는 사랑스럽기만 합니다.

우리 가족을 아는 사람이라면 응당 딸아이의 이런 반응을 쉽게 이해할 수 있습니다. 제 아내는 큰 키에 날씬하고 이목구비까지 뚜렷한 미인이지만, 저는 지극히 평범한 외모의 '남자 사람'이기 때문입니다. 오죽하면 아내가 저의 어머니에게 "채원이가 클수록 아빠를 더 닮는 거 같아요."라고 말하면, 어머니는 긍정의 대꾸 없이 "더 크면 엄마를 많이 닮을 거야."라고 본인의 희망만을 말씀하실까요.

하지만 다행히도 연애 시절부터 아내는 저에게 이런 말을 해주었습니다.

"오빠는 자기한테 맞는 스타일을 잘 찾는 것 같아."

맞습니다. 전 평범한 외모를 절대 잘나 보이려 애쓰지 않습니다. '과함은 부족한 것만 못하다.'라는 말처럼 평범함에 화려함을 더하면 오히려 어색하고 부자연스러워지기 마련입니다. 그래서 나름 섬세한 감각으로 분위기와 체형에 맞는 스타일을 찾기 위해 부단히 노력합니다. 얼굴이 조각같이 잘난 사람들은 거적때기를 걸치기만 해도 모델의 느낌이 나겠지만, 저의 경우 거적은 그냥 거적으로 소화하기에 나름의 경쟁력을 갖추기 위한 방편이었습니다.

누구나 타고난 본래의 모습이 있습니다. 누군가는 자신을 있는 그대로 사랑하는가 하면, 누군가는 남과의 비교 속에서 자신을 부정하기 바쁩니다. 인생의 종국에 그 둘은 어떤 모습을 하고 있을까요? 아마도 세월이 흐르면서 얼굴에 패는 주름부터 다르리라 짐작해봅니다. 인생은 타고난 얼굴에 세월이라는 조각칼로 주름을 새기는 과정입니다. 그리고 그 조각의 결과물은 자신을 사랑하느냐 부정하느냐에 따라 판이해집니다.

오늘도 나를 꼭 닮은 딸아이를 안아봅니다. 그리고 시간이 조금 더 지나 "아빠를 닮아서 행복해."라고 말해주는 딸아이의 모습을 상상해봅니다. 기분이 아주 좋습니다. 물론 여전히 딸아이의 입장은 잘 모르겠습니다.

아이와 나들이를 갑니다
터널 지나기가 제일 좋아

수요일입니다. 이제 3일만 지나면 주말입니다. 슬슬 머릿속으로 아이와 함께할 주말 계획을 짜봅니다. 더위가 물러가고 선선한 바람이 불어오니 나들이 가기 딱 좋은 날씨네요. 목적지를 영덕 풍력발전소로 정하고 열심히 맛집과 명소를 검색해봅니다. 하늘에 닿을 듯 힘차게 돌아가는 풍차를 보며 신기해할 아이의 모습을 상상하자 벌써 마음이 흐뭇해집니다.

드디어 토요일 아침, 딸아이는 오랜만의 나들이에 설레는지 아내의 손을 잡고 폴짝폴짝 뛰며 좋아합니다. 이제 나름 세심하게 세워놓은 계획대로 호기롭게 영덕으로 출발합니다. 아이는 생각보다 먼 거리에 차에서 잠이 들었고, 주차장에 도착해서야 부스스 눈을 뜹니다. 이제 곧 눈앞에 하늘 높이 솟은 풍차가 나타날 테니 아이는 놀랄 게 분명합니다.

3, 2, 1…. 그런데 차에서 내린 아이는 풍차를 흘깃 한번 보고는 이내 시선을 거두고, 광장 한편에 있는 놀이터로 뛰어가기 시작합니다. 뛰어가는 아이의 뒷모습을 보며 생각합니다.

'아! 웅장하게 돌아가는 풍차가 신기했던 건 딸아이가 아니라 바로 나였구나.'

이후 아이는 풍차에는 눈길 한번 주지 않고, 이마에 땀이 송골송골 맺힐 때까지 열심히 뛰어다닙니다.

더 놀고 싶다는 아이를 달래고 집으로 돌아오는 길입니다. 집에 거의 도착했을 무렵, 아이에게 묻습니다.

"채원아, 오늘 뭐가 제일 재밌었어?"

분명 놀이터에서 놀았던 걸 얘기할 테지요. 아이가 함박웃음을 지으며 말합니다.

"오늘 제일 재밌었던 건 차 타고 터널 지나간 거!"

뜬금없이 터널이라니요. 예상 밖의 대답에 가족 모두 크게 웃습니다.

아빠로서 아이가 바라보는 세상이 늘 궁금합니다. 하지만 곰곰 생각해 보면 어른인 우리도 한때는 어린아이였기에, 그 마음을 전혀 이해하지 못할 일은 아닙니다. 그래서 시간을 내어 마음속 어딘가에 숨어 있는 '어린 시절의 나'를 찾아봅니다. 그러자, 그것이 그리 어려운 일이 아니란 것을 곧 깨닫습니다. 아니, 어린 시절을 떠올리면 떠올릴수록 '포근한 엄마 냄새', '장난스러운 친구의 표정', '개울물 소리', '애지중지하던 장난감'……. 이 모든 것이 마치 어제 일처럼 눈앞에 생생하게 떠오릅니다. 어린 시절의 나를 마주하자 모든 감각이 6살로 돌아간 듯 세상이 새롭게 보이기 시작합니다. 마치 꿈속 이야기인 것만 같지만 누구나 시간을 내어 몰입한다면 경험할 수 있는 일입니다.

자, 이제 딸아이의 대답이 이해가 됩니다. 기억을 더듬어보니 6살이던 내가 외갓집을 갈 때 가장 설렜던 일은 바로 '기차 타고 터널 지나가기'였습니다.

오늘도 6살의 어린 내가 되어 딸아이의 세상을 바라봅니다.

아이는 '어둠'이 다행이라고 말합니다

어느 날 6살 딸아이가 이런 노래를 부르기 시작합니다.

"가방 메고 모자 쓰고, 신나게 캠핑 간다."

청량하고 앙증맞은 목소리에 마음이 사르르 녹는 것도 잠시, 이런 생각이 듭니다.

'캠핑…. 올 것이 왔구나.'

육아 선배 몇몇이 전하던 이야기가 머릿속을 스칩니다.

"캠핑 가기 싫어도 딸아이 좀만 크면 무조건이야."

"이건 어쩔 수 없는 시대의 흐름이자, 아이의 염원과도 같은 거지."

그렇습니다. 우리 가족에게도 캠핑의 봄이 찾아왔습니다. 일단 캠핑 맛이나 볼까 싶어 원터치 텐트 하나만 달랑 들고 지금은 비어 있는 시골집으로 향합니다. 생각보다 훨씬 좋아하는 딸아이를 보니, 어린아이를 둔 가족에게 캠핑은 숙명과도 같다는 생각이 듭니다.

해가 지고 있습니다.

별이 보고 싶다는 딸아이의 말에, 마당에 쳐놓은 텐트에서 밤이 될 때까지 기다려봅니다. 그런데 아무런 장비 없이 온 터라 밤이 되자 텐트 안팎이 칠흑같이 어둡습니다.

그때, 어둠 속에서 '반짝'하고 움직이는 작은 점이 보입니다.

'캠핑은 역시 체력전인가, 헛것이 다 보이네.'

그런데 또 '반짝'. 이번엔 아내와 딸아이도 함께 놀랍니다. 정신을 집중하고 그 부근을 자세히 살펴봅니다. 그러자 연초록으로 밝게 빛나는 반딧불이 한 마리가 유유자적 날고 있는 모습이 눈에 들어옵니다. 가족 모두가 짙은 어둠 속에서 홀로 밝게 빛나는 작은 점을 넋을 놓고 바라봅니다. 이내 반딧불이가 시야에서 사라지고, 또렷이 보이지는 않지만 우리 셋은 서로를 보며 밝게 웃습니다.

딸아이가 말합니다.

"어두워서 다행이다. 반딧불이가 더 잘 보이잖아."

'어둠'이라 정말 다행입니다.
짙은 어둠 속에서 반딧불이는 더욱 밝게 빛났고,
그 빛은 우리 가족에게 잊지 못할 소중한 추억이 되었습니다.

그리고 집으로 돌아와 캠핑용 '감성 랜턴'을 주문합니다.

눈덩이는 굴러 결국 차가 되고

캠핑 시즌은 언제일까요? 맞습니다. 계절마다 캠핑의 묘미가 다르기 때문에 사계절 내내 시즌입니다.

봄이 올 무렵, 어린이집을 다니는 딸아이가 캠핑 이야기를 꺼내는 걸 보니 이제 본격적으로 캠핑을 준비해야겠습니다. 관련 지식이 전혀 없던 터라 짬짬이 시간을 내어 용품을 검색해 봅니다. 캠핑 시장은 용품을 사려는 사람의 욕망만큼이나 팔려는 사람의 열정도 넘치는 곳이란 생각이 듭니다. 비슷비슷하지만 성능과 쓰임이 조금씩 다른 캠핑용품들이 무수히 쏟아져나오니 말입니다.

캠핑은 하룻밤을 자야 진짜 경험하는 것이란 생각에 '밤은 어두우니까 일단 가볍게 랜턴이다.'라며 어둠을 밝혀줄 빛을 검색해봅니다. 그리고 이내 감성 가득한 파스텔 톤의 랜턴 하나를 주문합니다. 아! '감성'이라는 단어가 붙으면 가격이 상승한다는 비밀 아닌 비밀은 덤으로 알게 되었습니다.

어둠이 해결되자 이제 밥 먹는 고민을 시작해봅니다. '집 나가면 개고생이다.'라는 진리를 조금씩 깨닫는 순간입니다. 밖에서 먹는 한 끼에 필요한 것들이 셀 수 없이 많습니다. 식기부터 숟가락과 젓가락, 테이블, 그리고 '감성' 가스버너 등등. 하나라도 빠지면 굶을 것 같은 불안감에 나름 구색을 갖춥니다.

자, 이제 밥상은 다 차렸으니 잠자는 게 고민입니다. 가장 중요한 텐트가 남았습니다. 그 어떤 용품보다 종류도 다양하고 설치법도 제각각입니다. 꽤 오랜 시간 공부해서 내린 결론은 '텐트 치는 일에 최대한 힘 빼지 않기'였습니다. 그래서 스스로 자립이 가능하고 캠핑의 '감성'을 제대로 담았다고 홍보하는 연베이지색의 에어텐트를 구입합니다. 2주 뒤 텐트를 받아보고 생각보다 큰, 아니 상상을 초월하는 부피와 무게에 깜짝 놀랍니다.

그래서 불현듯 이런 생각이 듭니다.

'이 텐트, 차에 실릴까?'

기우(杞憂)가 아니었습니다. 걱정은 현실이 되어 텐트가 보란 듯이 승용차 트렁크에 반만 걸쳐지는 사태가 발생했습니다. 집에 가득 쌓여 있는 캠핑용품을 생각하니, 이제는 되돌릴 수 없습니다. 텐트 상차를 실패하고 집으로 돌아와 비장한 눈빛으로 아내에게 말합니다.

"여보, 우리 차 바꿔야 할 것 같아."

아내는 그저 말없이 고개를 끄덕입니다.

랜턴으로 시작한 눈덩이가 구르고 굴러 결국 차를 바꾸는 지경에 이르렀습니다. 무위자연을 추구한 노자는 일단 뭘 하지 말라고 말합니다. 왜인지 조금은 알 것 같습니다.

따스한 봄기운이 불어오는 어느 주말, 가까운 캠핑장으로 향합니다. '캠핑이 정말 즐거울까?', '딸아이가 생각보다 재미없어하면 어떻게 하지?'라는 불안감에 마냥 좋은 기분은 아닙니다. 하지만 막상 캠핑장에 도착하니 적당히 시원한 바람과 아기자기한 새소리, 푸릇한 나뭇잎 사이로 새어 들어오는 햇볕이 너무나 좋습니다. 딸아이도 작은 손을 도와 물건을 옮기며 즐거워합니다. 아이의 손을 잡고 걷는 산책길, 아내와 함께 준비하는 식사, 그리고 불멍. 그동안 마음속에 쌓여 있던 근심이 사라지고 머릿속이 맑아집니다.

랜턴의 눈덩이가 구르고 굴러 차를 바꾸는 지경에 이르렀지만 뭐 어떻습니까? 가족과 함께하는 소중한 추억이 하나둘 쌓이고 있으니 괜찮습니다.

그래서 오늘도 시간을 내어 '전국 캠핑장 예약 사이트'를 검색합니다.

아이의 손을 잡고 걸어봅니다
아이의 시선으로 바라본 세상

제대로 갖추고 떠나는 첫 캠핑, 만반의 준비를 하고 호기롭게 출발합니다.

첫 캠핑은 정말 부족함 없는 즐거운 추억이었습니다. 먼저 가까운 캠핑장을 찾아 초보티를 내봅니다. 그래도 큰 시행착오 없이 텐트를 치고 짐 정리를 마치니, 마치 무인도에서 살 방도를 마련한 듯한 안도감이 듭니다.

맑은 자연 속에서 계곡물 소리를 들으며 먹는 한 끼는 힐링 그 자체였습니다. 그리고 캠핑 중에는 핸드폰을 사용하지 않기로 약

속하면서 그동안 느껴보지 못한 마음의 여유를 누려봅니다.

점심을 먹고 난 뒤, 아이의 손을 잡고 근처 산책길을 걸어봅니다. 나뭇잎 사이로 새어 들어오는 햇볕이 얼굴을 간지럽히고, 아기자기한 새소리는 마냥 듣기 좋습니다. 그런데 아이가 걷는 길 중간중간 "아빠, 이것 봐."라며 손을 잡아끕니다. 발걸음을 멈추고 아이의 눈높이에 맞춰 쪼그려 앉자 낮게 핀 들꽃, 잔잔하게 깔린 이끼, 그리고 그 이끼 사이에 떨어져 있는 자그마한 열매가 눈에 들어옵니다. 조금만 시선을 낮췄을 뿐인데 새로운 세상이 펼쳐집니다.

'아, 키가 작은 아이는 이런 세상을 걷고 있었구나.'

우리는 때론 '정말 상상도 못 한 일'을 겪곤 합니다. 하지만 우리가 바라보지 못한 세상에는 그런 일들이 비일비재하게 일어나고 있었을지 모릅니다. 우리의 시선이 그곳으로 향한 적이 없었기 때문에 모른 채 살아왔을 뿐인 거죠. 이렇게 자신만의 시야에 갇혀 새로운 세상을 바라볼 수 없을 때, '산책길에서 쪼그려 앉는 방법'을 추천합니다.

다시 천천히 아이의 시선을 따라 걸어봅니다. 그러니 이제야 조금은 이해가 됩니다. 그동안 아이의 걸음이 왜 느렸는지 말이죠. 그리고 지금껏 눈앞의 목적지만을 바라보고 걷느라 바닥에 떨어진 아기자기한 열매와 예쁜 돌, 그리고 색색의 나뭇잎을 보지 못했다는 것을 깨닫습니다.

그런데 산책길의 아름다움을 온전히 만끽하려다가는 저녁 먹을 시간에 늦을지도 모르겠습니다. 산책을 마치고 돌아온 아이의 작은 손에는 엄마에게 준다며 주워온 이름 모를 빨간 열매 하나가 쥐어져 있었습니다.

이렇게 아내에게도 새로운 세상 하나가 전해졌습니다.

아이와 양치를 해봅니다

'설득'의 사전적 의미는 '상대편이 이쪽 편의 이야기를 따르도록 여러 가지로 깨우쳐 말함'입니다. 우리는 일상의 많은 순간 누군가를 설득하기도 하고, 누군가에게 설득당하기도 합니다. 그런데 그런 설득의 경험이 쌓이면 쌓일수록 남을 이해시키는 과정은 매우 어려운 일임을 깨닫습니다. 상대에게 '자신의 의견을 따르도록 깨우치는 일'은 왜 이리 어려운 걸까요?

매일 저녁 8시면 아이와 실랑이가 벌어집니다.

"채원아, 양치하자."

말이 채 끝나기도 전에 아이는 쪼르륵 커튼 뒤로 숨고는 "양치 싫어." 하고 외칩니다. 처음에는 다정한 말투로 어르고 달래보지만, 투정이 길어지는 날에는 "세균이 채원이 이 다 갉아먹어 버린다."라며 다소 무서운 연기를 하곤 합니다.

그런데 어느 날 아이가 먼저 "엄마 아빠, 나 오늘은 저녁 먹고 바로 양치할 거야!"라며 다부진 표정으로 주먹을 쥐어 보입니다. 잠시 뒤 밥을 다 먹은 아이가 양치를 하겠다며 당당한 발걸음으로 욕실로 향합니다. 그렇게 어르고 달랠 때는 버티기 일쑤던 양치질 아닌가요. 놀란 아내가 양치를 마치고 나온 아이에게 묻습니다.

"와, 채원이 정말 양치 잘하네. 그런데 오늘은 어떤 마음이 들어서 스스로 한 거야?"

"그냥, 하고 싶어서." 아이는 별일 아니라는 듯 어깨를 으쓱합니다.

외재적 동기는 오래가지 못합니다. 뭐든 남이 시켜서 하면 좋아하는 일도 재미가 덜해집니다. 하물며 싫어하는 일을 시키는데, 기분 좋게 받아들일 사람이 몇이나 될까요?

스스로 양치를 한 아이를 보고 깨닫습니다. 내재적 동기가 얼마나 중요한지를 말이죠. 그날 아이는 누가 시키기 전에 스스로 양치를 하겠다고 선언했습니다. 그 선언적인 말 한마디는 아이의 '내부로부터의 다짐의 발현'이었습니다.

여기서 또 한 가지 생각이 가지를 뻗습니다.
'혹시 그 내재적 동기라는 것이 말의 형태로 입 밖으로 꺼내지는 순간, 에너지가 커지는 게 아닐까?'

많은 자기 계발서에는 이런 내용이 나옵니다.
'꿈을 실현하기 위해서는 그 꿈을 구체화하는 과정이 필요하다.'
지금 간절히 바라는 것을 빈 종이에 써보길 권합니다. 그리고 그 글자를 큰 소리로 읽어보세요. 이렇게 내재적 희망이 말과 글로 표현될 때, 당신의 몸과 마음은 꿈을 이루기 위한 좋은 기운으로 가득 차게 될 것입니다.

오늘 밤에는 아이가 이런 말을 해줬으면 좋겠습니다.

"나 양치하고 바로 잘 거야!"라고 말입니다.

밥 먹는 게 제일 좋아?

팍팍한 일상입니다. 반복되는 출근, 때론 과중하다 느껴지는 업무, 그리고 대인 관계에 대한 스트레스까지. 부처의 말처럼 '인생은 고통'이 맞는 듯합니다. 정신없는 오전 시간을 보내고 제대로 된 쉼을 얻는 때는 바로 점심시간입니다. 어떤 날은 출근하자마자 그날의 메뉴를 고민하며 힐링할 정도입니다. 예나 지금이나 '먹방'은 인기 좋은 콘텐츠로, 음식을 복스럽게 먹는 장면은 보는 이들에게 큰 행복감을 줍니다.

하루는 아내가 어린이집 선생님과의 면담 내용을 들려주었는데, 딸아이가 밥 먹는 시간을 힘들어한다는 것이었습니다. 집에서도 어르고 달래야 겨우 한 입 뜨는 터라 어린이집에서의 광경이 눈에 선했습니다. 우리 딸아이로 말할 것 같으면 갓난쟁이 때부터 모유, 분유, 이유식 할 것 없이 일단 '안 먹어.'를 시전했었죠. 6살이 된 지금도 "채원아, 밥 먹자."라고 부르면 어디론가 쌩하니 달려가 숨곤 합니다. "굶기면 알아서 먹는다."라는 말마따나 배고프다고 할 때까지 기다려봤는데, 10시간이 지나도 꿋꿋하게 버티는 아이입니다.

하루는 진지하게 딸아이에게 물었습니다.

"채원아, 밥 먹는 거 즐겁지 않아? 아빠는 점심시간이 너무 기다려지는데?"

그랬더니 아이가 대답합니다.

"밥 먹는 거 싫어. 맛도 없고 노는 시간도 뺏기잖아."

그랬습니다. 아이는 밥 먹는 시간보다 노는 시간이 훨씬 좋았던 겁니다. 생각해보니, 사무실에서는 밥 먹는 것보다 좋은 걸 찾을 수 없어서 점심시간을 손꼽아 기다리는 게 아닌가 싶습니다. 아무리 곰곰 생각해봐도 점심과 견줄 수 있는 것은 '칼퇴' 정도입니다.

밥 먹는 시간도 아까울 정도로 노는 게 재밌다니, 정말 아이답다는 생각이 듭니다. 아니, 밥 먹는 게 싫다는 아이의 투정이 부럽기까지 합니다. 마냥 먹고사는 일에 치여 진짜 재밌는 일을 놓치고 있는 것은 아닌지 나 자신을 되돌아봅니다.

어린 시절 동네 놀이터에서 친구들과 놀고 있을 때면 저 멀리서 "ㅇㅇ아, 저녁 먹어." 하는 이웃집 아주머니들의 목소리가 하나둘 들려왔습니다. 저희 어머니도 목청 좋게 제 이름을 부르곤 했습니다. 그땐 집으로 돌아가는 길이 왜 그렇게 속상했을까요. 못내 아쉬운 눈길로 놀이터를 돌아보며 '밥 먹는 거 진짜 싫어.'라고 되뇌곤 했습니다.

내일은 점심시간이 아닌 다른 무언가를 기다리는 하루가 되길 바라봅니다.

딸아이처럼 밥 먹는 게 싫어질 만큼 즐거운 일 말이죠.

너랑 걷는 이 길이 참 좋아

만들어진 외로움

"우리의 모든 불행은 혼자 있을 수 없는 데서 생긴다." _쇼펜하우어

오후 시간, 아내로부터 사진 한 장이 첨부된 메시지가 날아왔습니다. 사진에는 딸아이가 어린이집에서 활동하는 모습이 담겨져 있었는데, 같은 반 아이들이 삼삼오오 책상에 나눠 앉아 열심히 무언가를 만들고 있었습니다. 그 모습이 '마냥 귀엽다.'라고 생각하는 순간, 아내의 메시지가 눈에 들어옵니다.

'채원이 혼자 책상에 앉아 있네. 혹시 무슨 일 있는 건 아닐까?'

사진을 다시 한번 자세히 들여다봅니다. 다른 아이들은 3~4명씩 한 책상에 둘러앉아 있는데 우리 아이만 빈 책상에 홀로 앉아 있었습니다. 그 모습이 왠지 모르게 가슴 짠합니다.

말이 없는 사진을 이리 보고 저리 보며 어떤 상황인지 한참을 고민해봅니다. 작은 사진을 확대해서 아이의 표정을 살펴보니 시무룩한 표정은 아니었습니다. 오히려 입술을 앙다물고 만들기에 집중하는 모습이 활기 넘쳐 보이기까지 합니다. 그래도 혼자 있는 모습은 여전히 마음에 걸립니다.

'혹시 무슨 일이 있었던 건 아닐까?' 하는 마음에 퇴근길을 재촉합니다. 그리고 집에 도착해 아이에게 조심스럽게 물어봅니다.

"채원아, 오늘 어린이집에서 만들기 했다며? 어땠어? 재밌었어?"

그러자, 본격적인 질문으로 들어가기도 전에 아이는 이런 말을 해줍니다.

"응. 재밌기는 했는데, 오늘 좀 피곤해서 혼자 있고 싶었는데 ○○랑 ○○가 자꾸 따라다녀서 힘들었어."

그랬습니다. 온종일 걱정했던 그 사진 속 장면은 사실 아이의

'자발적 휴식 시간'이었습니다.

우리는 사람이 붐비는 곳에서 피로감을 느낄 때 '기가 빨린다.'라는 표현을 씁니다. 인간은 홀로 살아갈 수 없는 존재지만 과도하게 중첩된 인간관계는 우리의 기운을 빼앗고 삶을 피곤하게 만듭니다. 그리고 혼자만의 시간이 줄어들수록 내면의 목소리에 귀 기울이지 못하게 되고 남에게 쉽게 휘둘리게 됩니다. 그렇기에 쇼펜하우어도 불행의 이유를 '혼자 있을 수 없기 때문'이라고 말하는 것이 아닐까요?

무리에 잘 어울리는 사람을 '인싸'라며 치켜세우고, 홀로 시간을 보내는 사람들을 측은하게 여기는 세상입니다. 의미 없는 모임에 나가 웃고 떠들다가 집으로 돌아오면, 마음이 빈 그릇같이 공허할 때가 있습니다. 오히려 따뜻한 차 한잔에 홀로 조용히 즐기는 사색의 시간이 더 큰 마음의 위로가 됩니다. 그렇기에 삶의 쉼이 필요할 때 고독의 시간은 반드시 필요합니다.

그러나 고독의 시간에도 의식만큼은 깨어 있어야 합니다. 그래야만 일상에 쉼을 주는 '진짜' 사색이 가능해집니다. 나날이 정신

없어지는 세상은 '버스를 기다리는 잠깐의 시간', '은행 일을 보기 위해 번호표를 받고 기다리는 몇 분의 시간'에도 손에서 스마트폰을 놓지 못하게 합니다. 또, 각종 미디어를 통해 눈과 귀로 물밀듯 쏟아져 들어오는 정보들은 생각을 정리할 마음의 여유를 빼앗습니다. 홀로 있을 땐 이 모든 것을 차단하고 오로지 깨어 있는 의식으로 내면을 돌봐야 합니다.

혼자 있을 수 없어 불행을 느낀다면 때로 '만들어진 외로움'이 필요합니다. 조용히 눈을 감고 내면의 생각을 키워 그 온화한 기운이 온몸을 감싸도록 말이죠. 그리고 그 고독의 시간이 가져다줄 '진짜 쉼'을 통해 삶을 살아낼 힘을 얻을 수 있습니다.

모두다꽃이야

산에 피어도 꽃이고

들에 피어도 꽃이고

길가에 피어도 꽃이고

모두 다 꽃이야

아이가 즐겨 부르는 동요의 가사입니다. '산에 피어도, 들에 피어도, 길가에 피어도 모두 다 꽃이야.' 아이의 흥얼거림에 '멜로디가 참 좋다.'라고만 생각했는데, 가사를 곰곰 되뇌어보니 그 의미가 참으로 대단합니다. 산에도 들에도 길가에도 꽃은 핍니다. 그리고 그 꽃은 저마다의 색으로 피어나 씨앗을 품고 다음 세대를 이어가게 합니다. 그러니 의미 없이 피는 꽃은 없습니다.

'난 어디에서 피어난 꽃일까?'

비옥한 땅에서 온종일 햇살을 받으며 피어난 꽃들이 그저 부러 웠습니다. 이제야 아이의 노래를 통해 깨닫습니다. 내가 피어난 이유가 있음을 깨닫자, 그곳이 산이든 들이든 길가든 이제 상관없 습니다. 그저 꽃이 지닌 가장 원대하고 순수한 목적인 다음 세대 를 온전하게 이어가는 일에 최선을 다할 따름입니다.

노랫말 따라 아이가 자신을 온전히 사랑할 수 있기를 바랍니다. 아이가 인생의 고난을 마주할 때면 생명력 강한 들꽃으로 피어나 도록 그저 곁을 묵묵히 지키겠습니다. 기쁨의 순간에는 자신의 아 름다운 색을 온전히 꽃피울 수 있도록 따스한 햇살과 양분이 되어 주겠습니다.

하루는 한가로이 책을 읽고 있는데, 아이가 쪼르르 달려와 옆에 앉습니다. 그러고는 아빠가 읽는 책이 궁금한지 이런저런 질문을 합니다. 표지의 제목을 더듬더듬 읽으며 "장자가 뭐야?"라고 묻습니다. 그래서 장자 이야기 중 하나를 들려주었습니다.

『장자』에는 목재로 쓸 수 없는 큰 나무에 관한 이야기가 나옵니다. 그 거대한 나무는 줄기가 뒤틀리고 옹이가 가득해 목재로 쓰기에 적합하지 않았습니다. 그래서 사람들은 그 나무를 그저 쓸모없는 나무로 치부해버립니다. 그런데 장자의 생각은 달랐습니다.

장자는 "그 거대한 나무는 짐짓 쓸모없어 보이지만 큰 가지는 사람들에게 쉴 수 있는 그늘을 만들어주고, 그 쓸모없음으로 인해 나무꾼으로부터 도끼질을 당하지 않아 천수를 누릴 수 있다."라고 말합니다.

장자 이야기를 다 듣고 난 뒤 아이가 말합니다.

"맞아. 우리 잎새반 친구들도 키 큰 친구, 작은 친구 있는데, 전부 다 예뻐."

나무는 생김이 어떠하든 모두 나무입니다. 목재로 쓰이는 것을 '참쓰임'이라고 여기는 것은 사람의 기준일 뿐입니다. 나무의 본래 쓰임은 뿌리를 뻗어 땅을 단단하게 잡아주고, 물을 머금고 내뿜어 자연의 순환을 돕는 것입니다. 그리고 잎이 무성한 가지는 그늘을 만들어 생명들에게 쉼을 줍니다.

맞습니다. 어디에 뿌리를 내리든, 생김이 어떠하든 모두 다 꽃이고 나무입니다. 이제 아이의 흥얼거림에 다시 집중합니다.

'산에 피어도 꽃이고, 들에 피어도 꽃이고, 길가에 피어도 꽃이고, 모두 다 꽃이야.'

순수함을 온전히 간직하고 있는 아이의 음성이 잘 어울리는 노랫말입니다.

당신도 저마다의 색으로 피어난 아름다운 꽃입니다.

나의 손에, 그리고 너의 손에

우리는 인생을 살아가면서 많은 다툼과 분쟁을 겪습니다. 생사를 가르는 심각한 문제에서부터 금세 잊고 지나가는 사소한 다툼까지. 마치 다툼을 피하는 것이 삶이란 생각마저 듭니다.

나는 결코 남이 될 수 없기에, 그리고 남도 내가 될 수 없기에 서로의 생각은 다를 수밖에 없습니다. 이에 더해 이해관계마저 얽혀 있다면 단순한 의견 충돌은 큰 다툼으로 번지게 됩니다. 그런데 주위에는 별다른 분란 없이 유독 인생을 유연하게 살아가는 사람들이 있습니다. 그들에겐 어떤 비밀이 있는 것일까요?

하루는 어린이집 버스를 기다리는 딸아이에게 아내 몰래 젤리 한 봉지를 건넸습니다. "채원아, 친구들이랑 나눠 먹어."라는 말과 함께 말이죠. 그런데 왠지 아이의 표정이 시무룩합니다. 젤리 한 봉지가 부족한가 싶어 아이에게 이유를 물으니, 돌아오는 대답은 "나 혼자 먹을래."였습니다. 그 나이대의 아이들이 소유욕이 강하다는 것은 십분 이해되었지만, 그래도 젤리 하나 정도는 흔쾌히 나눌 줄 아는 아이로 자라길 바랐습니다. 그래서 아이에게 이렇게 말해줍니다.

"채원이가 친구들한테 젤리를 하나씩 나눠주면, 그 젤리가 채원이에게 다시 돌아올 거야."
"젤리가 나한테 돌아온다고? 왜?"
이유를 궁금해하는 아이에게 덧붙여 말합니다.
"다음번에 그 친구들이 젤리 하나가 남으면, 채원이가 생각나서 주고 싶어 할 테니까."

손해 보는 사람을 어수룩하다며 비난하는 시대입니다. 그런 시대의 흐름 때문일까요? 손해를 본 당사자들도 불같이 화를 내며 속상해합니다. 그런데 정말 그 '손해' 때문에 속이 문드러지는 걸까요? 아이러니합니다. 정작 그 손해는 몇 천 원, 아니 동전 몇 닢에 지나지 않을 때가 있으니 말이죠. 손해를 본 사람들은 자신을 비난하는 사회적 시선 때문에 '내가 졌다.'라는 패배감에 휩싸여 이성적인 판단을 하지 못하게 됩니다. 그러니 동전 몇 닢에 불같이 화를 냅니다.

딸아이가 젤리를 나누지 않겠다며 시무룩해하고 나조차도 손해 보지 않겠다며 아등바등 살아가는 세상입니다. 반면, 세상을 유연하게 살아가는 사람들은 자신의 손안에 있는 젤리를 남에게 흔쾌히 내어주는 마음의 여유가 있습니다.

나누는 것은 '손해가 아닌 다시 돌아올 인생의 '복'입니다. 나누는 손길에 따뜻한 마음을 전해받은 상대방은 그 마음을 사랑으로 가득 채워 언젠가 당신에게 되돌려줄 테니 말입니다.

세상에 일어나는 행복한 일 가운데 80%는 돈과 관련이 없다고 합니다. 돈이 조금 없으면 어떻습니까.

행복은 나의 손에, 그리고 너의 손에 있습니다.

힘주어 건너는 일

긴장하면 다양한 증상이 나타납니다. 땀이 비 오듯 흐르거나 말을 더듬거나 몸이 뻣뻣하게 굳기도 합니다. 그럼 어떤 상황에서 긴장하게 될까요? 다양한 이유가 있겠지만 평소 겪어보지 못했던 상황을 맞닥뜨리거나 과거의 트라우마가 재연되어 자신도 모르게 긴장하는 경우가 있습니다.

늦은 저녁, 딸아이와 산책을 나섰습니다. 반쯤 채워진 달과 길가의 가로등이 제법 환합니다. 6살 딸아이의 킥보드 속도를 따라가기가 조금 버겁습니다. 잠시 한눈을 판 사이 킥보드의 한쪽 바퀴가 돌부리에 걸리는 바람에 아이가 넘어지고 말았습니다.

울음이 터진 아이를 달래고 다시 길을 걷습니다. 아이는 한 번 넘어졌던 터라 노면이 고르지 못한 길에 들어서자 몸이 경직되기 시작했습니다. 그렇게 힘주어 건너는 길에 또다시 돌부리에 걸려 넘어질 뻔합니다. 놀란 아이는 또 한 번 울음을 터뜨립니다. 아이를 달래며 이렇게 말해줍니다.

"채원아, 오히려 힘을 빼면 울퉁불퉁한 길이 쉬워져."

아이는 의심의 눈초리로 저를 올려다보고는 장난스럽게 몸을 한 번 흐느적거립니다. 그러고는 조금 전보다 유연해진 몸놀림으로 킥보드를 밀고 나아갑니다. 손잡이를 꽉 움켜잡았던 손은 적당히 느슨해졌고, 뻣뻣하던 몸은 부드러워졌습니다.

집으로 돌아가는 길, 아이에게 다시 한번 이야기합니다.

"채원아, 힘주지 않아도 돼."

아이는 알겠다는 듯 고개를 끄덕이고는 울퉁불퉁한 길을 유연하게 건넙니다. 무사히 집으로 돌아온 아이가 엄마에게 말합니다.

"아빠 말이 맞았어. 정말 대단해!"

한껏 들뜬 아이는 아빠를 돌아보며 연신 엄지 척을 해줍니다.

인생을 살아가며 겪게 되는 시련은 산책길에서 맞닥뜨린 울퉁불퉁한 길과 같습니다. 때론 너무 힘주어 건너려는 탓에 돌부리에 걸려 넘어지곤 합니다. 운동도 마찬가지입니다. 어느 정도 실력을 쌓은 뒤에는 '힘 빼기'를 잘하는 사람이 이기는 법입니다.

그러니 인생의 시련 앞에서 너무 힘주지 말고 적당히 느슨해져보는 건 어떨까요?

맞습니다. 너무 힘주지 않아도 됩니다.

인생의 숙원

누군가에게 사랑받고 누군가를 사랑하는 일은 일생에 이뤄야 할 숙원입니다. 그리고 그 삶의 소망은 자신을 쏙 빼닮은 아이가 태어나는 순간 더욱 원대해지기 마련입니다.

합기도 빨간 띠를 달고 있는 딸아이의 승급 심사가 있는 날이었습니다. 공개수업으로 진행한다고 해서 나름 차려입고 시간에 맞춰 합기도장으로 갔습니다. 아이는 어린이집 하원 버스를 타고 먼저 도착해 심사 준비를 하고 있었습니다. 또래보다 작은 키에 도복 바지 밑단을 몇 번이나 접어 입은 모습이 아빠 눈에는 마냥 귀여운 인형 같습니다. 도장 뒤편에 마련된 자리에 앉자, 아이는 아빠가 있는 쪽으로 연신 고개를 돌려 손을 흔듭니다. 심사가 시작될 무렵에 아내가 합기도장에 도착했습니다. 아이는 엄마와 아빠가 함께 와줘서 그런지 한껏 기분이 좋아 보였습니다.

자, 이제 승급 심사 시작. 아이는 가부좌를 틀고 잔잔한 음악에 맞춰 진지하게 명상을 시작합니다. 그런데 이내 손을 꼼지락거리며 실눈을 떴다 감았다 장난치는 모습이 그저 아이답습니다. 명상을 마치고 스티로폼 쌍절곤 돌리기, 달리기, 앞구르기를 연이어 한 후 심사의 하이라이트인 송판 격파가 시작됐습니다. 심사는 부모가 송판을 잡아주고 아이가 격파하는 방식으로 진행되었고, 아이 한 명 한 명이 송판을 깰 때마다 모두 한마음으로 응원해줬습니다. 그렇게 격파가 끝나고 아이들이 새로운 색깔의 띠를 받는 것으로 심사가 마무리되었습니다.

아이가 관장님으로부터 갈색 띠를 받아 들자, 우리 부부는 아이를 맞이하기 위해 일어섰습니다. 딸아이를 빨리 안아주고 싶은 마음에 제가 먼저 빠른 걸음으로 다가갔습니다. 그런데 아이는 마주오는 아빠를 가볍게 지나치고는 엄마 품에 와락 안깁니다. 아이를 안아주기 위해 살짝 굽힌 무릎과 펼치다가 만 양팔이 조금 머쓱해졌습니다. 아이는 엄마에게 허리에 찬 띠를 한참 자랑하고서야 저에게도 엄지 척을 해줍니다.

집에 돌아와 딸아이에게 장난 반 진담 반으로 '아빠 패싱' 사건에 대한 서운함을 토로했습니다. 딸아이는 별일 아니라는 듯 "엄마가 좋아야 아빠도 좋지. 우린 가족이잖아. 안 그래?"라며 능청스럽게 대꾸합니다.

누군가를 사랑하고 또 사랑받는 일, 일생에 이뤄야 할 숙원입니다. 그래도 누군가를 사랑해야 할 일을 이루는 데는 걱정이 없겠습니다.

바로 평생 사랑하고 싶은 딸아이와 아내가 있으니 말이죠.

무뎌진다는 건

하루는 의도하지 않게 혼자만의 시간을 갖게 됐습니다. 오랜만에 주어진 자유 시간에 뭘 할까 고민하다가 어릴 때 즐겨 했던 PC 게임을 해봤습니다. 게임의 오프닝 화면이 나오자 옛 생각에 가슴이 두근거립니다. 그런데 몇 판을 해보니 처음의 설렘은 온데간데없이 사라지고 금세 지루해집니다.

나이가 들수록 '예전에는 밤새는 줄 모르고 했었는데, 이제는 아니야.'라고 느끼는 것들이 늘어갑니다. 처음 느낌 그대로 온전하게 즐길 수는 없을까요?

딸아이와 노는 것은 즐겁지만, 그 즐거움은 그저 아이의 귀여운 모습을 '보는 데'서 오는 즐거움입니다. 정작 함께하는 그 놀이는 무한히 반복되는 역할극이 대부분입니다. 오늘도 어김없이 이가 아픈 환자 역할을 10번 정도 반복하다가 문득 이런 생각이 들었습니다.

'아이는 이 놀이가 정말 재밌는 걸까?'

나의 어린 시절을 떠올려보니 딸아이의 마음이 조금은 이해가 됩니다. 온종일 뛰어도 신이 나고, 친구와 눈만 마주쳐도 웃음이 나고, 운동장에서 종일 모래성을 쌓아도 마냥 즐거웠습니다. 그런데 왜 지금은 그때처럼 즐겁지 않은 걸까요? 생각이 많아져서일까요? 무수한 세월에 감각이 무뎌져서일까요?

'먹어봐서 아는 맛이야.', '이 영화는 결말이 뻔해.'라며 스스로 감성을 무뎌지게 만든 지난날을 반성해봅니다. 그리고 곰곰 생각해보니, 늘 같다고 여겼던 일상도 매 순간 새로움이 가득하다는 것을 깨닫습니다. 하다못해 어제와 다른 날씨, 어제와 다른 옷, 어제와 다른 출근길 풍경. 새로움은 넘쳐납니다.

이런 생각의 끝에 다다르고 정신을 차리자 '11번째 이가 아픈 환자'입니다. 10번이나 반복했지만, 지금은 어금니가 아니라 앞니가 아픈 환자이니 새로운 환자인 것이 분명합니다.

아! 그리고 '무뎌짐을 경계하는 새로움 찾기'가 필요 없는 소중함도 덤으로 알게 되었네요. 봐도 봐도 감성이 무뎌지지 않는 딸아이의 웃는 얼굴 말입니다.

해가 지고 밤이 오는 길목에 존재하는 것

더위가 물러가고 가을이 옵니다. 낙엽이 지면 이내 추운 겨울이 시작됩니다. 여름, 가을, 겨울, 그리고 봄. 마치 계절의 경계가 눈에 보이는 듯 선명합니다. 그런데 과연 계절은 칼로 자르듯 구분할 수 있는 것일까요? 아닙니다. 계절은 자연이 추위와 더위를 오가며 서서히 물드는 과정이기에, 단순한 사계절이 아닙니다. 한여름같이 무더운 가을날, 흰 눈이 내리는 4월의 봄날이 있으니 말이죠. 이렇듯 어떤 현상을 한 단어로 정의해 구분하는 순간, 그 사이사이 존재하는 과정은 마치 존재하지 않는 영역처럼 여겨집니다.

늦은 오후, 아이와 산책을 나섰습니다. 가볍게 걷기 위해 나선 길은 놀이터에 다다르자 긴 여정이 되었습니다. 아이와 여유롭게 걷는 산책은 아직 조금 더 기다려야 하나 봅니다. 숨바꼭질, 술래잡기, 무궁화꽃이 피었습니다 등, 아이의 놀이 루틴에 맞춰 놀다 보니 제 뒤를 따르는 아이가 4명으로 늘었습니다. 누군가 이 광경을 봤다면 5명의 아이가 놀이터에서 신나게 놀고 있는 모습으로 보였을 테지요. 그래도 인원이 늘어난 덕에 쉬어갈 틈이 생깁니다.

순간 너무 오래 놀았다는 생각에 시간을 확인하니 이제 곧 저녁 먹을 시간입니다. 집에서 기다리고 있을 아내가 떠올라 열심히 뛰는 아이를 멈춰 세우고 이야기합니다.

"채원아, 이제 저녁 먹으러 가야 해. 이러다가 해지고 밤 되겠어."
그러자 아이는 틀렸다는 듯 팔짱을 낀 채 대답합니다. '역시 더 논다고 하겠지.'라는 생각으로 답을 기다리는데 아이는 뜻밖의 말을 합니다.

"해지고 밤 되는 게 아니야. 노을 지는 걸 빼먹었잖아."
아, 노을 지는 걸 빼먹었다니.

하늘을 붉게 물들이는 노을을 제대로 바라본 게 언제였는지 생각해봅니다. 그리고 꽤 오랜 시간이 지났음을 깨닫습니다.

일련의 현상을 하나의 개념으로 정의하고 과정을 생략하는 것은 일의 효율성을 높이는 좋은 방법입니다. 또 원인을 찾고 결과를 도출해내는 데도 유용하게 쓰이는 도구입니다. 하지만 효율에만 치중하면 일의 과정 중에 발견할 수 있는 귀중한 것을 놓치게 됩니다. 이런 현상은 느긋함을 기다려주지 않고 뭐든 빨리 이뤄내기를 재촉하는 사회 분위기에 기인합니다. 효율성과 결과 지상주의, 생산성을 제1의 가치로 여기는 기업 문화 등. 아름답게 물드는 노을을 잊게 만드는 요소가 너무나 많습니다.

'나도 쉼이 필요해. 나도 쉼이 필요해. 푸른 파도 속에 마음껏 헤엄치며 놀고 싶어요.'
얼마 전 아이가 어린이집에서 배웠다며 새초롬한 표정으로 불러준 노래입니다.
누구나 쉼이 필요합니다. 팍팍한 일상에 지쳤다면 몸을 느슨하게 하고 마음의 여유 공간을 만드는 휴식이 필요합니다. 그럴 때 비로소 단어로 정의된 개념의 틀에서 벗어나 그 사이사이 존재하는 소중한 것들을 제대로 바라볼 수 있습니다.

이제 아이의 손을 잡고 집으로 되돌아가는 길입니다.

고개를 들어 붉게 물드는 하늘을 바라봅니다. 이제야 해가 지고 밤이 오는 그 길목에 존재하는 '진짜 아름다움'이 눈에 들어옵니다.

상상도 못 한 번데기의 속사정

지식의 많고 적음은 때로 똑똑함의 기준이 됩니다. 그런데 그 지식이란 것이 그저 나이를 먹어감에 따라 자연스레 축적된다고 착각하는 사람들이 있습니다. 물론 경험이 쌓일수록 단순한 지식을 넘어서는 '삶의 지혜'를 얻을 수는 있지만, 그 지혜가 완전한 '지식'은 아닐 수 있습니다.

아이에게 아동 도서를 읽어주기 시작하면서 다양한 지식을 얻었습니다. 백혈구, 적혈구, 혈소판, 혈장으로 구성된 일명 '피 사총사'에 대해 알게 되었고, 강에서 태어나 바다로 가는 연어 새끼의 배에는 '영양 주머니'가 달려 있어 오랜 기간 헤엄칠 수 있다는 것을 알게 되었습니다. 새로운 지식을 쌓아가는 재미가 쏠쏠합니다. 그러다 기존의 생각을 뒤엎는 자연의 신비로움 한 가지를 알게 됐습니다.

나비는 애벌레 시기를 거쳐 변태를 통해 성충이 됩니다. 이때 변태는 고치로 집을 지은 후 번데기 상태에서 이뤄집니다. 여기까지는 누구나 알고 있는 상식입니다. 그런데 혹시 번데기 안에서 어떤 일이 벌어지는지 알고 있나요? 지금까지 애벌레의 몸통에서 더듬이, 다리, 날개가 서서히 자라나 나비가 된다고 생각했습니다. 그런데 아니었습니다.

먼저 번데기 속 애벌레는 완전히 용해되어 걸쭉한 액체가 되고, 새롭게 나비의 형태로 재생성된다는 것이었습니다. 그리고 더욱 놀라운 사실은 애벌레 시절의 기억을 나비가 된 후에도 간직하고 있다는 것이었습니다.

순간, 내가 그동안 상식이라고 알고 있었던 것들이 실은 '틀린 지식'일지도 모른다는 생각이 들었습니다. 나비를 '애벌레의 연장선'으로 생각했던 그동안의 상식은 번데기의 속사정을 한 번도 궁금해하지 않은 탓에 '틀린 지식'이 되었습니다.

옛날 정나라의 어떤 사람이 자기 발에 꼭 맞는 신발을 사기 위해 한 가지 방법을 생각해냅니다. 바로 발 치수를 미리 끈으로 재놓고, 그 끈을 가지고 시장으로 가서 신발을 사는 것이었습니다. 그런데 바삐 나오는 바람에 끈을 집에 놓고 오게 되었고, 다시 집에 들러 끈을 가지고 시장으로 돌아오자 원하는 신발은 모두 팔린 뒤였습니다. 이 광경을 지켜본 신발 가게 주인이 말했습니다.

"신발을 사려면 직접 신어보면 될 일인데, 끈이 무슨 필요가 있단 말이오?"

"나는 발 치수를 재놓은 끈은 믿지만 내 발은 믿지 못하오."

정인매리(鄭人買履)는 '정나라 사람이 신발을 사러 간다.'라는 뜻으로, 정나라 사람은 자기 발이 눈앞에 실재함에도 불구하고 발 치수를 재놓은 끈에 집착합니다.

누구나 쉽게 '생각의 편협함'에 빠집니다. 편협한 생각은 눈으로 볼 수 없는 번데기의 속사정을 지레짐작하게 만들고, 발 치수를 재놓은 끈을 믿게 만듭니다. 그렇기에 진정한 인생의 지혜를 얻기 위해서는 굳어버린 생각을 버리고, 언제든 새로운 지식을 받아들일 수 있는 열린 자세가 필요합니다.

아이를 통해 또 한 번 성장합니다. 오늘은 아이가 어린이집에서 배운 쇠똥구리 이야기를 들려줍니다. 옛날 사람들은 짐승의 똥에서 양분을 얻는 쇠똥구리가 정말 똥으로 만들어졌다고 생각했다는군요.

새로운 지식을 진실로 받아들이는 아이의 순수함에 막중한 책임감을 느낍니다. 아이에게 세상의 모든 정답을 알려주지는 못하겠지만, 편협한 생각에 갇히지 않도록 열린 마음만은 전하려 합니다. 그리고 열린 마음과 함께 쇠똥구리의 숨겨진 속사정을 조금이나마 전할 수 있었으면 합니다. 그래서 오늘도 공부합니다.

자유를 찾아 날아간 새

상상은 사람을 꿈꾸게 합니다.

어린 시절 하늘을 올려다보며 '구름 위를 뛰어다니면 어떤 기분일까? 정말 폭신폭신할 텐데.'라고 생각하곤 했습니다. 바닷속 세상이 궁금할 때면 물고기처럼 헤엄치는 모습을 상상하기도 했습니다. 이렇듯 아이의 순수함은 끝없는 상상력의 원천입니다.

아이와 자주 가는 공원이 있습니다. 공원의 이름은 '솔밭공원'.

나이를 가늠할 수 없을 정도로 높이 솟은 소나무들이 좋은 그늘을 만들어주는 곳입니다. 하루는 아이의 손을 잡고 공원을 찾았는데, 자연의 색과 잘 어울리는 아기자기한 조형물이 들어서 있었습니다. 친환경 재료로 만들어진 작품은 다양한 높낮이의 새집에 점토로 만든 새가 한두 마리씩 들어 있었습니다.

아이는 그 어느 때보다 진지한 표정으로 조형물 주위를 돌며 어떤 모양, 어떤 색의 새가 있는지 살핍니다. 아마도 아이만의 상상의 세계가 펼쳐지고 있었을 테지요. 잠시 뒤, 아이에게 묻습니다.

"채원아, 새가 참 예쁘다. 보면서 무슨 생각했어?"
"쉿, 새들이 지금 일부러 못 움직이는 척하는 거래. 사람들이 자기를 잡아갈까 봐. 그리고 아무도 없는 밤이 되면 하늘로 훨훨 날아갈 거래."

아이는 비밀이라는 듯 작은 목소리로 이야기합니다. 그 표정이 얼마나 진지한지 '정말 새가 살아 있나?' 싶어 다시 한번 새를 살펴봅니다. 아이는 새에게 자유를 선물하고 싶었던 걸까요? 그 마음이 너무 곱고 사랑스럽습니다. 이렇듯 아이에게는 사물에 인격을 부여하고 마음을 나누는 신비한 능력이 있습니다. 순수함이 있기에 가능한 일입니다.

곰곰 어린 시절을 떠올려봅니다. 순수함 가득했던 그때를 말입니다.

시골 할머니 댁 마루에 걸터앉아 유유히 흘러가는 구름을 보고 있자니 졸음이 몰려옵니다. 이내 스르륵 눈이 감기고, 감기는 눈꺼풀 사이로 뭉개지듯 강아지 모양의 구름이 흘러들어옵니다. 구름 강아지는 일순간 어린 나를 등에 태우고 하늘 높이 솟아오릅니다. 그러고는 온 세상을 누비며 여행을 다닙니다.

짧은 낮잠에서 깨어나 하늘을 올려다보니 강아지 모양의 구름이 저 멀리 흘러갑니다. 어린 나는 구름을 향해 손을 흔들며 말합니다.

"고마워. 구름 강아지야. 나중에 또 만나자."

그러자 구름 강아지는 알겠다는 듯 꼬리를 흔들어 보입니다.

몇 주 뒤, 아이와 다시 공원을 찾았습니다. 아이는 쪼르르 새집으로 달려갑니다. 날아가지 않은 새를 보고 실망할 아이를 생각하자, 무슨 말로 위로를 해야 할지 고민이 됩니다. 그런데 먼저 도착한 아이가 큰 소리로 외칩니다.

"아빠, 진짜로 새들이 날아갔어!"

뒤따라가 보니, 정말 몇몇 새들이 사라지고 없었습니다. 놀란 마음을 가라앉히고 새집을 자세히 들여다봅니다. 이내 점토를 고정해두었던 못이 헐거워져 새가 떨어졌다는 것을 알게 됩니다. 그래도 아이의 격앙된 감정에 맞춰 놀란 듯 말합니다.

"진짜네! 채원이가 응원해줘서 새들이 훨훨 날아갔나 봐."

잠시 눈을 감고 하늘 높이 날아오르는 새를 상상해봅니다. 아이의 순수함으로부터 생명을 얻은 새들은 우리 머리 위를 크게 선회하며 날아갑니다. 그러자 어느새 어린 시절의 내가 되어 새에게 인사를 건넵니다.

"새야, 고마워. 나중에 또 만나자."

그렇게 딸아이의 순수함을 통해 어린 시절의 나를 마주합니다.

너랑 걷는 이 길이 참 좋아

떨어뜨린 빵 조각은 누가 먹을까?

아이가 가장 좋아하는 음식은 빵입니다. 식빵, 베이글, 모닝빵 등 종류를 가리지 않습니다. 스스로 '빵순이'를 자처하며 양손에 식빵을 들고 다니는 모습이 마냥 귀엽습니다.

비가 오는 어느 날, 어김없이 간식으로 빵을 먹던 아이가 창밖을 내다보더니 비가 그쳤다며 나가기를 재촉합니다. 그렇게 아이의 손을 잡고 놀이터로 향합니다. 아이의 한쪽 손에는 반쯤 먹다 남은 빵이 들려 있습니다.

놀이터에 도착한 아이는 마치 자동차의 운행 모드를 바꾼 것처럼 쌩쌩 내달립니다. 그러다 얼마 안 되어 손에 들고 있던 빵을 떨어뜨립니다. 그런데 아이의 표정이 의외로 덤덤합니다. 떨어진 빵을 보며 아이가 말합니다.

"괜찮아, 개미랑 지렁이들한테 맛있는 빵을 준 거니까."

『공자가어』, 『여씨춘추』에는 '형나라 사람이 활을 잃어버린 이야기'가 실려 있습니다.

하루는 형나라 사람이 사냥 중에 활을 잃어버렸습니다. 그런데 그는 잃어버린 활은 찾지 않고 이렇게 말합니다.
"형나라 사람 누군가가 주울 것이니 괜찮다."
이 말을 전해 들은 공자가 말했습니다.
"형나라 사람은 참으로 현명하다. 허나 '형나라'라는 말을 빼는 것이 옳다."
공자의 말을 전해 들은 노자가 말했습니다.
"공자의 말은 참으로 현명하다. 허나 '사람'이라는 말을 빼는 것이 옳다."

형나라 사람은 자신이 잃어버린 활을 '형나라에 사는 사람'이 주울 것이니 괜찮다고 말합니다. 자기 나라 사람을 위하는 그 마음은 사리사욕에 집착하는 사람에게서는 찾을 수 없는 열린 자세입니다. 그런데 이에 더 나아가 공자는 '형나라'를 빼고 '사람'이면 괜찮다고 말합니다. 한 나라에 한정하지 않고 모든 사람을 위하는 그 마음은 과연 세계 4대 성인의 위대한 가르침이라 할 만합니다. 마지막으로 노자는 '사람'이라는 말을 빼라고 말합니다. 즉, 잃어버린 활을 사람이든 자연이든 그 어떤 것이 취해도 된다는 것입니다. 자연의 이치에 따르는 '무위자연'의 삶을 추구했던 노자의 철학이 고스란히 담겨 있는 한마디입니다.

아이는 떨어뜨린 빵 조각을 개미와 지렁이에게 선뜻 나눠주었습니다. 그렇게 빵을 좋아하는 '빵순이'가 말이죠. 마침 배가 조금 불렀을지도, 땅바닥에 떨어진 빵을 주워 먹기 싫었을지도 모릅니다. 하지만 아이의 그 말이 옛 성현들의 가르침과 맞닿아 있기를 바라는 마음입니다. 그래서 아이에게 이런 말을 해줍니다.

"채원아, 너무 멋진 생각인데? 개미랑 지렁이가 배불리 먹어야 우리 사람도 잘 살아갈 수 있어."

"응? 지렁이가 배부른데, 우리가 왜 잘 살아?"

아이가 되묻습니다.

"개미랑 지렁이가 많이 먹고 열심히 일해야 땅이 건강해지고, 땅이 건강해져야 당근, 양파, 오이 같은 채소가 잘 자라거든. 채소 많이 먹어야 건강해지는 거 알지?" 아이는 채소 이야기에 잠시 시무룩해졌지만 이내 미끄럼틀로 뛰어갑니다.

그런데 출근길에 들고 나갔던 우산을 어디에 뒀는지 기억이 나지 않습니다. 그래도 괜찮습니다. 이름 모를 그 누군가 혹은 그 무엇이 사용할 테니 말입니다. 그래도 아내의 한 소리는 각오해야겠습니다.

날씨가 추워질수록
아이의 손톱 밑이 지저분해진 이유

날씨가 제법 추워졌습니다. 그에 맞춰 옷장은 도톰한 옷들로 채워집니다. 아이는 겹겹이 입은 옷이 불편한지 하루빨리 여름이 오기를 기다립니다. 그래도 눈 내리는 날이면 눈사람을 만들며 한껏 즐거워할 테지요.

어린이집을 다녀온 아이가 세수를 합니다. 아이 스스로 할 수 있도록 옆에서 가볍게 도와줍니다. 그런데 가만 보니, 날씨가 추워질수록 아이의 손톱 밑이 지저분해집니다. 며칠을 유심히 살펴봐도 마찬가지입니다. '추워서 놀이터에도 나가지 않을 텐데 왜 그럴까?'라는 의문이 듭니다.

미궁에 빠진 문제를 손쉽게 해결하는 방법 중 하나는 '시점의 변화'입니다.

군대에 있을 때의 일입니다. 무더운 여름날, 여느 때와 같이 병사들이 조를 이뤄 경계 근무를 서고 있었습니다. 그런데 근무를 다녀온 병사들이 한 가지 불편 사항을 이야기합니다. '얼마 전부터 초소에서 이상한 냄새가 나는데, 그 원인을 도무지 찾을 수 없다.'라는 것이었습니다.

드디어 제 근무 차례가 돌아왔습니다. 초소에 들어서자 역시 이상한 냄새가 났고, 원인을 찾기 위해 곳곳을 살폈지만 특별한 문제점을 발견하지 못했습니다. 그러다 한 가지 단서를 찾았습니다. 그것은 바로 고개를 왼쪽으로 돌릴 때 냄새가 특히 심해진다는 점이었습니다. 또다시 냄새가 심해지자, 움직임을 멈추고 콧속으로 들어오는 냄새의 흐름을 역으로 따라갔습니다. 그리고 마침내 냄새의 원인을 찾아냈습니다. 왼쪽 어깨에 둘러멘 '소총의 끈'이 습해진 날씨 탓에 불쾌한 냄새를 풍기고 있었습니다. 고개를 왼쪽으로 돌리자 소총의 끈과 코 사이의 거리가 가까워져 냄새는 더 강렬해졌습니다. 냄새는 눈이 아닌 코로 맡는 것임에도, 다들 냄새의 원인을 눈으로만 쫓고 있었습니다.

우리는 삶 곳곳에서 해결하기 어려운 문제를 마주합니다. 그럴 때일수록 상황을 바라보는 시점의 변화가 필요합니다. 때로 다소 엉뚱한 생각이 문제의 답을 이끌어내니 말입니다.

지저분해진 아이의 손톱 밑이 계속 신경 쓰입니다. 그래서 곰곰 생각합니다. '날씨가 추워진다.', '아이의 손톱 밑이 지저분해진다.' 이 둘의 연관성은 무엇인지. 그리고 미궁에 빠진 문제를 해결하기 위해 시점을 '지저분해진 손톱'에서 '추워진 날씨'로 옮깁니다.

그러니 차츰 답이 보이기 시작합니다. 날씨가 추워지면서 아이는 손을 겉옷 주머니에 자주 넣고 다녔을 테고, 그 주머니 속이 지저분하다면 아이의 손톱 밑도 덩달아 지저분해질 겁니다. 그래서 옷장에 걸려 있는 아이의 겉옷 주머니를 확인합니다. 역시 주머니 깊은 곳에 모래와 과자 부스러기가 가득합니다.

아이의 겉옷 주머니를 깨끗하게 비웁니다. 그리고 어제보다 말끔해진 아이의 손톱을 기대해봅니다. 아! 며칠 전 아내에게 손톱 지적을 당했으니 제 옷장에 걸려 있는 외투 주머니도 살펴봐야겠습니다.

이렇듯 외투 주머니를 정리하면 손톱 밑이 깨끗해지는 마법이
일어납니다.

향기 나는 아빠

아무리 좋아하는 일도 한없이 즐길 수 없는 법입니다. 반면 바쁜 시간을 쪼개 짬짬이 즐기는 취미는 아무리 해도 질리지 않습니다.

아내의 배려에 테니스 레슨을 시작했습니다. 공이 라켓에 찰지게 맞아떨어지는 느낌이 엄청난 쾌감을 줍니다. 일주일 중 하루지만 땀 흘리는 잠깐의 시간을 통해 삶의 활력을 얻습니다. 밤 9시에 시작하는 레슨을 마치고 집으로 돌아오면 아내와 아이는 잠이 들 무렵입니다.

여느 때와 같이 테니스 레슨을 마치고 집으로 돌아오니, 한 뼘 정도 열린 방문 사이로 졸린 듯한 아이의 목소리가 들려옵니다. 최대한 조용히 옷을 갈아입고 샤워를 마친 뒤 방으로 들어갑니다. 아내에게 눈인사하고 아이의 곁으로 다가가 머리를 쓰다듬어줍니다. 아이는 졸린 눈으로 "아빠 왔어?" 하고 인사합니다. 그런데 잠이 들려던 아이가 반쯤 감았던 눈을 다시 크게 뜹니다. 흠칫 놀랐지만 차분하게 아이에게 이야기합니다.

"채원아, 오늘 고생했어. 이제 푹 자자."
그러자 아이는 코를 한 번 찡긋하고는 대답합니다.

"아빠, 냄새 나."

대개 가족이 같은 비누나 샴푸, 로션을 사용하면 서로의 냄새에 익숙해지기 마련입니다. 그래서 아내는 제가 샤워한 사실을 냄새가 아닌 젖은 머리로 확인합니다. 하지만 아이는 아직 어른이 사용하는 비누나 샴푸를 사용하지 않아서 아빠의 샤워한 냄새에 충분히 반응할 만합니다. 그래서 아이에게 이야기합니다.

"응. 좋은 향기 나? 아빠, 지금 막 샤워했거든."

그런데 돌아오는 아이의 대답이 충격적이었습니다.

"아니, 아빠한테 냄새 나. 치킨 닭 다리 냄새."

치킨 닭 다리 냄새라니요. 잠자리에서 아이의 머리를 쓰다듬으며 들을 수 있는 대답으로는 적합하지 않았습니다. 아내의 키득거림이 침대 너머로 들려왔습니다. 당황하지 않고 최대한 침착하게 아이에게 다시 물었습니다.

"채원아, 치킨 닭 다리 냄새라니. 아빠 샤워했는데?"
아이는 대답 대신 머리를 쓰다듬는 제 팔을 낚아채 뒤집어 보입니다. 그러자 소매 끝에 빨간 치킨 양념이 묻은 것이 눈에 들어옵니다. 아마도 어제저녁에 시켜 먹은 치킨의 양념이 옷에 묻은 듯했습니다. 이어서 아이가 한마디 합니다.

"아빠, 샤워하고 깨끗한 옷으로 갈아입었어야지."
머쓱하게 옷을 갈아입고 돌아오니, 아이는 그새 곤히 잠이 들었습니다. 아내가 저를 쳐다보며 장난스럽게 코를 막고 말합니다.
"아, 치킨 닭 다리 냄새."

말이 나온 김에 치킨 한 마리를 시킵니다. 닭 다리를 집어 들기 전, 치킨 양념이 묻지 않도록 소매 끝을 살짝 접어 올리는 것을 잊지 않습니다. 이후에도 아내의 놀림은 계속되었지만 아이 덕분에 치킨을 먹을 수 있어서 행복한 밤입니다.

내일은 아이가 이런 말을 해주길 바라봅니다.

"아빠, 냄새 나. 좋은 아빠 냄새."

난항은 유행곡이 되어

아이는 한시도 가만히 있지 않습니다. 사부작사부작하며 온 집 안을 헤집고 다닙니다. 세상에서 가만히 있는 게 제일 어려운 일 인 것처럼 눈이 반쯤 감기는 졸린 상황에서도 이런저런 놀이를 합 니다. 아무것도 하지 않는 상태를 '지루함'으로 여기며 열심히 제 할 일을 찾아서 합니다.

그런데 아이는 가만히 있어야 하는 부동(不動)의 상황에서만 지 루함을 느낍니다. 무한히 반복되는 병원 놀이, 숨바꼭질, 술래잡 기는 절대 지루해하지 않으니 말이죠. 같은 대사, 같은 역할, 같은

상황, 같은 놀람, 같은 표정…. 아이는 매번 똑같은 크기로 웃으
며 즐거워합니다. 반면 20번을 죽고 살아나는 늑대 역할의 아빠는
'지루함'을 넘어 정신과 육체가 분리되는 유체 이탈을 경험하게 되
니, 참으로 난항이라 할 수 있습니다.

하루는 의문이 들었습니다.
'아이는 정말 반복되는 이 상황이 매번 즐거울까?'
아이의 표정을 1회 차, 2회 차, 3회 차. 20회 차까지 유심히 살
핍니다. 한 치의 거짓이 없는 맑디맑은 웃음입니다. 그러다 문득
부러운 마음이 들었습니다.
'무슨 일이든 아이처럼 지루함 없이 반복할 수 있다면 얼마나 좋
을까?' 아이의 놀이 지구력이 그저 부럽습니다.

그럼 어떻게 아이는 똑같은 놀이를 매번 즐길 수 있을까요?

주위를 조금만 둘러봐도 새로운 것이 넘쳐나는 세상입니다. 오
히려 같은 것을 찾기가 어려울 정도로 신상품이 쏟아져 나옵니다.
그만큼 사람들이 쉽게 싫증을 느끼고 새로운 자극을 찾아 나선다
는 방증이겠죠. 그리고 그 자극을 찾는 주기는 점점 빨라집니다.

어린 시절 음악 순위 프로그램에는 이런 멘트가 단골로 흘러나왔습니다. '몇 주 연속 1위 달성!' 인기를 끌던 노래의 소비 기간은 짧게는 몇 달, 길게는 1년 내내 이어졌습니다. 지금은 어떤가요? 나오기가 무섭게 사라지는 곡들이 부지기수입니다. 소위 '대박'을 터트리는 노래도 음원 순위 상위권에서 한 달 이상 버티기가 쉽지 않습니다.

그렇습니다. 어린 시절 즐겨 듣던 노래가 1년 내내 가슴을 뛰게 했던 것처럼, 좋은 것일수록 소비 기간을 늘려야 합니다.

이제 딸아이와의 놀이를 천천히 음미해봅니다. 그리고 지금껏 난항이라 여겼던 놀이가 내 마음속의 유행곡이 되어, 오래도록 가슴을 두근거리게 만들기를 바라봅니다.

너랑 걷는 이 길이 참 좋아

청개구리 육아법

아이를 내 맘처럼 다루고 싶다는 희망은 애초에 실현 불가능한
일을 바라는 것과 같습니다. 부모의 일방적인 요구에 아이는 보란
듯이 반대로 행동하니 말입니다. 때론 청개구리 같은 아이의 성향
과 습관을 잘 관찰하면 어느 정도 원만한 합의점을 찾을 수 있습
니다.

가족 모두 늦잠을 잔 어느 날, 눈을 뜨자마자 전쟁이 시작됩니
다. 알람 소리를 듣지 못한 자신을 원망해보지만 야속한 시간은
왠지 더 빠르게 흐릅니다. 정신없이 출근 준비를 하는 중에 아내

에게 부여받은 '아이 옷 입히기 임무'도 성실히 수행합니다. 시계를 수시로 확인하면서 '아이가 양말 하나만이라도 신어주면 참 좋을 텐데.'라고 생각하며 바라보지만, 오늘따라 아이의 행동이 더 느리게 느껴집니다.

"채원아, 양말 혼자 신을 수 있지?"
"아니, 아빠가 신겨줘."
"채원아, 어린이집 가방에 수건 좀 넣어줄래?"
"아니, 아빠가 넣어줘."

뭐든 반대로 하는 청개구리 같습니다. '아, 청개구리! 뭐든 반대로 한단 말이지?' 그래서 아이에게 이렇게 말합니다.

"채원아, 절대 양말 신지 마. 아빠가 신겨줄 거니까."
"싫어. 내가 신을래."

아이가 스스로 양말을 신기 시작합니다. 정말 묘합니다. '이게 정말 맞는 건가?'라는 의심이 들다가, 정신을 차리고 시계를 보니 나머지 양말 한쪽은 손에 들고 나가야 할 판입니다. 먼저 대문을 나선 아이에게 엘리베이터 버튼을 눌러달라고 부탁합니다. 평소라면 "채원아, 엘리베이터 버튼 좀 눌러줘."라고 말하겠지만 이번은 다릅니다.

"채원아, 엘리베이터 버튼 절대 누르지 마. 아빠가 먼저 누를 거니까."

그러자 아이는 쏜살같이 달려가 엘리베이터의 버튼을 누른 뒤 까르르 웃습니다. 아이가 스스로 양말을 신어줘서, 그리고 엘리베이터 버튼을 재빨리 눌러줘서 다행히 등원 버스를 놓치지 않았습니다.

6살 즈음한 아이들은 부모의 요구 사항에 반대로 행동하는 것을 마치 하나의 놀이로 생각합니다. 뭐든 자기 주도로 하고 싶어 하는 아이들의 특징이기도 합니다. 그날 이후 '청개구리 육아법'을 종종 사용합니다. 하지만 점점 영리해지는 아이에게 그 효력은 그리 오래가지 못할 듯합니다. 이제는 아이에게 "채원아, 옷 절대 먼저 입지 마. 아빠가 입혀줄 거니까."라고 말하면 세상 편안한 자세로 "응, 아빠. 기다릴게."라고 말하니 말입니다.

호기심 가득한 6살의 아이는 때론 단순하기도, 때론 어른보다 깊은 사색에 빠지기도 하는 신묘한 존재입니다. 7살, 8살, 9살의 아이는 또 다를 테지요. 예측이 어려운 육아는 늘 어렵지만, 그래도 아이의 타고난 성향과 습관을 잘 관찰하면 어느 정도 원만한 합의점을 찾을 수 있습니다.

늦잠을 잔 어느 날, 아이의 등원 준비가 촉박하다면 '청개구리 육아법'을 추천합니다.

힘을 내요, 번개맨

남녀의 일반적인 선호도가 아이에게도 그대로 적용될까요?

6살 딸아이를 보면, 남녀의 선호도란 결코 타고난 것이 아님을 알 수 있습니다. '남자아이는 대체로 신체 놀이를 좋아하고, 여자아이는 정적인 놀이를 좋아한다.'라는 생각은 남녀 간의 역할을 은연중에 강요하는 사회가 만들어낸 선입견에 불과합니다.

딸아이는 갓난쟁이 때부터 몸으로 하는 활동에 많은 관심을 가졌습니다. 지금도 합기도장을 다니며 정권 찌르기, 앞구르기, 송판 격파 등 온갖 몸 쓰는 활동을 격하게 하고 있습니다. 다만, 색깔에 대한 선호는 확실히 타고나는 것 같더군요. 딸아이는 강요하지 않아도 신발이며 옷이며 무조건 분홍색을 선택합니다. 아무튼, 아이는 '시크릿쥬쥬'보다 '번개맨'을 좋아하고 합기도에서 배운 '정권 찌르기'를 시도 때도 없이 선보입니다.

아이의 생일이 다가오자 어떤 선물이 좋을지 고민해봅니다. 그러자 최근 읽은 책의 한 구절이 떠오릅니다.

'돈으로 물건 대신 경험을 사라!'

원하는 물건을 얻는 것은 분명 기쁜 일입니다. 어린 시절, 생일 선물로 받은 변신 로봇은 행복 그 자체였습니다. 하지만 애지중지 하던 로봇도 며칠을 가지고 놀다 보면 금세 흥미가 떨어지고, 그 날 밤 새로운 장난감을 갖고 싶다며 산타 할아버지에게 소원을 빌기 시작했습니다. 반면, 동물원에서 처음 호랑이를 봤던 기억은 두고두고 떠올려도 가슴을 두근거리게 합니다.

그래서 결정합니다. 이번 아이의 생일에는 물건이 아닌 경험을 선물하기로.

아이에게 어떤 경험을 선물하는 것이 좋을까 고민하던 중에, 열심히 번개맨 노래를 부르며 춤을 추는 아이가 생각납니다. 그리고 이내 번개맨 뮤지컬을 검색하고 예약합니다.

드디어 아이의 생일날, 번개맨 뮤지컬을 보기 위해 공연장을 찾았습니다. 공연장 로비는 설레는 표정의 이이들로 북적였습니다. 딸아이도 번개 모양의 야광봉을 손에 들고 빨리 번개맨을 보고 싶다며 발을 동동거립니다.

마침내 공연이 시작됐습니다. 공연은 화려한 무대와 배우들의 멋진 노래, 그리고 탄탄한 스토리가 어우러져 기대 이상으로 훌륭했습니다. 어느 순간 아이보다 더 빠져 있는 저를 보며, 아내가 웃으며 말합니다.

"당신, 번개맨 팬 된 거 같은데?"

정말 번개맨의 팬이 되었습니다. 극 중반 번개맨이 위기에 빠졌을 때는 아이들과 한마음이 되어 '번개맨! 번개맨!'을 외쳤고, 마침내 번개맨이 지구를 구해내자 딸아이의 손을 잡고 함께 기뻐했습니다. 그리고 결정적으로 번개맨에 빠져든 순간은 마지막 커튼콜 시간이었습니다. 배우들은 1시간이 넘는 공연에 지칠 법도 했지만, 객석으로 내려와 아이들의 손을 일일이 잡아주며 밝은 표정으로 인사했습니다. 번개맨을 눈앞에서 본 아이들은 세상을 다 가진 듯 기뻐했습니다. 후에 아내에게 들으니 번개맨을 보는 제 눈빛도 초롱초롱 빛났다고 하더군요. 아이들을 진심으로 대하는 번개맨의 따뜻한 마음이 그대로 전해졌습니다.

집으로 돌아온 후에도 며칠 동안 번개맨의 여운이 가시지 않았습니다. 딸아이는 번개맨 노래를 따라 부르며 번개맨 점프를 따라 해보기도 했습니다. 저 또한 함께 뛰었습니다.

이렇게 보니 남녀의 선호도뿐만 아니라 어른과 아이의 선호도에도 많은 오해가 있었음을 깨닫습니다.

우리 모두는 어린이였으니 그것은 어찌 보면 당연한 일입니다.

맛있는 것을 맛있게 먹으면 맛있다

과일이든 채소든 해산물이든, 제철에 먹어야 가장 맛있습니다. 제철 전에는 설익어 어설픈 맛이 나고, 제 계절을 지나면 못 먹을 정도로 익어버립니다.

지인이 한라봉 한 상자를 보내왔습니다. 상자를 열자, 10개의 한라봉 중 과하게 익은 것들이 눈에 들어옵니다. 고민이 됩니다. 딱 먹기 좋게 익은 상등품을 먹을지 과하게 익은 것을 먼저 먹을지. 아이의 생각이 궁금해 묻습니다.

"채원아, 여기 10개 중에 뭘 먼저 먹을까?"

"제일 맛있는 거 먹을래."

아이의 말대로 10개의 한라봉 중 가장 적당히 익은 것을 집어 듭니다. 한라봉을 한 입 받아먹은 아이는 맛있다며 엄지손가락을 들어 보입니다. 역시 제일 맛있어 보이는 게 맛이 좋습니다.

학창 시절 점심시간, 식판에 담긴 서너 개의 반찬 중 가장 맛있는 반찬은 마지막까지 남겨두었다 먹곤 했습니다. 지금 생각해보면 '밥 먹기 시작할 때 먹었어야 더 맛있었을 텐데.'라는 후회가 됩니다. 뭐든 배고플 때 먹어야 더 맛있는 법이니 말이죠.

한라봉 하나를 다 먹고 난 뒤, 아이가 한마디 덧붙입니다.

"다음에도 제일 맛있는 거 먹을래."

10개의 한라봉 중 가장 적당히 익은 한라봉을 먹는 것은 '맛있는 것을 맛있게 먹는 방법'입니다. 물론 마지막에는 너무 익어서 먹지 못하는 한라봉이 생길지도 모릅니다. 하지만 모든 한라봉을 먹기 위해 매번 상태가 좋지 않은 한라봉을 먹는 것은 '맛있는 것을 가장 맛없게 먹는 방법'일 뿐입니다.

맛있는 것을 주저 없이 먼저 먹겠다는 아이가 부럽습니다. 그래서 점심으로 중국집 볶음밥을 배달시켜 먹으며 '맛있는 것을 맛있게 먹는 방법'을 실천해봅니다. 첫 숟갈에 밥과 짜장을 듬뿍 담아 크게 한입 먹습니다. 매번 부족한 짜장을 모든 밥알에 고루 분배하느라 첫 숟갈조차 맛있게 먹지 못했기에, 짜장을 가득 담은 첫 숟갈의 맛은 '맛있는 것을 맛있게 먹으면 맛있다.'라는 진리를 일깨우기에 충분했습니다.

우리는 인생의 많은 선택의 순간에서조차 '최상'이 아닌 '최악'을 가정하며 가장 안전한 선택지를 고릅니다. 이런 선택은 삶에 안정감을 줄지 몰라도 불현듯 찾아오는 인생의 기회를 주저하다 놓치게 만듭니다. 그러니 간절히 원하는 것을 이루기 위해 '맛있는 것을 맛있게 먹으면 맛있다.'라는 진리를 마음에 새겨야 합니다.

그래서 오늘도 남아 있는 한라봉 중 가장 잘 익은 것을 먹습니다.

아이의 당부

딸아이는 엄마를 닮아 배려심이 넘칩니다.

아내와 말다툼할 때면 전세를 살펴 수세에 몰린 쪽을 은근히 지원해줍니다. 이런 말들로 말이죠.

"엄마, 아빠 까먹었나 봐. 그럴 수도 있지."

그리고는 아빠 쪽을 돌아보며 동의를 구하듯 말합니다.

"아빠, 그렇지? 까먹은 거지? 그럴 수 있어."

그러면 "응, 채원이가 아빠 마음을 알아주는구나."라며 아이를 꼭 안아줍니다.

때론 배려심 넘치는 아이의 말을 끝까지 들어봐야 할 때가 있습니다. 선뜻 싫다는 표현을 하면 아빠가 상처받을까 봐 둘러서 말하는 경우가 있기 때문입니다.

아이가 글자에 흥미를 보이기 시작하자 생각보다 빠른 속도로 읽기와 쓰기를 익힙니다. 어느 부모들처럼 '우리 아이가 천재는 아닐까?'라는 행복한 고민을 종종 합니다.

어느 날, 아내가 카톡 메시지 쓰는 것을 유심히 지켜보던 아이는 자기도 해보겠다며 눈을 반짝입니다. 아내는 아이에게 스마트폰 자판을 이용해 자음과 모음을 조합하는 방법을 알려줍니다. 아이는 한동안 스마트폰을 붙잡고 메시지 쓰기에 몰두합니다. 정확하진 않지만, 의미가 전달될 정도로 메시지를 쓰는 아이가 그저 신기합니다.

'할미할비, 사랑해요.', '엄마아빠, 사랑해요.'
아이의 카톡 메시지 하나에 온 가족이 행복합니다.

그런데 중요한 메시지를 쓰는지 아이가 몰두하는 시간이 길어집니다. 궁금한 마음에 슬쩍 스마트폰 화면을 보니, 아빠인 나에게 쓰는 메시지입니다. 아직 완성되지 않은 문장의 시작은 이랬습니다.

'아빠, 웃겨주는 것도.'

역시 평소 딸아이에게 아빠의 유머가 인상 깊었나 봅니다. 그간의 노력이 빛을 발하는 순간입니다. 지금껏 내 유머를 인정하지 않던 아내에게 은근히 자랑합니다.

몇 분 뒤, 아이의 메시지가 도착했습니다. 의기양양하게 메시지 창을 띄워 아내에게 읽어줍니다,

"아빠, 웃겨주는 것도 좋지만 이제 안 했으면 좋겠어요."

메시지를 다 읽자 아내의 웃음이 터져 나왔습니다. 아이의 엄청난 배려심이 묻어나는 메시지였습니다.

아내의 배려하는 마음을 닮은 아이가 참 좋습니다. 그리고 둘러 말할지언정 자기의 할 말은 하는 아이가 대견하기도 합니다.

이제 아이의 눈높이에 맞춰 웃기는 방법을 찾아봐야겠습니다. 그리고 아내의 말처럼 '노잼'임을 인정해야겠습니다.

2장

그녀를 믿으세요

남자는 결혼 후 '진짜' 성장합니다.

미성숙한 채로 방치되어 있던 남자를

세상 현명한 여자가 거둬주는 것이 '결혼'입니다.

아내 덕분에 세상의 이치를 비로소 깨닫고,

한 아이의 아빠로 다시 태어납니다.

나를 한결같이 응원해주는 그녀를 평생 믿기로 다짐합니다.

돌고 돌아 첫사랑을 만나다

잊고 있던 기억이 불현듯 떠오릅니다. 작은 상자에 봉인되어 있던 기억이 자물쇠의 빗장이 풀리며 의식의 수면 위로 모습을 드러냅니다.

2011년 어느 여름날, 영어 스터디 그룹에서 아내를 처음 만났습니다. 28살의 저는 아름다운 외모, 차분한 말투, 웃는 모습마저 예쁜 아내에게 첫눈에 반했습니다. 커피 한잔하자며 몇 번을 구애한 끝에 아내와 사귀게 되었고, 6년의 연애 후 결혼을 했습니다.

한 살 차이인 아내와 저는 같은 지역에서 중·고등학교 시절을 보냈습니다. 물론 그때 당시에는 서로의 존재를 몰랐습니다. 한번은 아내와 학창 시절 이야기를 한 적이 있는데, 자주 갔던 분식집이며 오락실, 도서관 등 겹치는 추억의 장소가 많았습니다. 특히, 쫄볶이가 일품이었던 분식집 얘기에 시간 가는 줄 몰랐습니다. 아내에게 그 분식집에 대한 추억 한 가지를 이야기해주었습니다.

"대학교 1학년 때, 그 집 쫄볶이가 너무 먹고 싶어서 여름방학하고 집에 오자마자 친구들이랑 갔었다니까." 그런데 얘기를 꺼내고 보니, 왠지 모르게 그날의 기억이 어제 일처럼 또렷하게 떠오릅니다.

"그런데 그날 식당에 우리밖에 손님이 없더라고. 쫄볶이가 나오고 한 입 막 먹으려고 하는데 여고 교복을 입은 학생 2명이 들어오는 거야. 둘 다 키가 엄청 컸어. 그런데 그중 한 명이 너무 예뻐서 쫄볶이를 먹는 내내 나도 모르게 쳐다봤다니까. 같이 간 친구 중의 한 명이 고등학생 좋아한다고 얼마나 집요하게 놀리던지."

그런데 이야기를 듣는 아내의 표정이 묘합니다. 십수 년 전에 다른 여자에게 눈길을 줬다고 질타하려는 것은 아닌지 걱정이 됩니다. 잠시 뒤, 아내는 뜻밖의 이야기를 꺼냅니다.

"혹시, 그날 4명이지 않았어? 테이블은 가장 구석 벽 쪽이었고."

"어? 맞아. 그날 우리 4명이었어. 벽 쪽 테이블이었고."

"그리고 그때, 오빠 머리 노랗게 염색했었지?"

"그걸 어떻게…."

"그날 봤다던 키 큰 여학생들 말이야. 나랑 내 친구 같은데?"

아내는 믿을 수 없다는 듯 말을 이어갑니다. 여름방학 중 자율학습을 하던 날이었고, 학교 급식이 맛이 없어서 친구 한 명과 그 분식집을 찾았다는 이야기. 그리고 자신과 그 친구는 키가 168㎝ 정도이고 그날따라 손님이 한 테이블밖에 없어 의아했다는 이야기. 또 결정적으로 그 대학생 무리 중 머리를 노랗게 염색한 사람이 자신을 너무 심하게 쳐다봐서 친구랑 수군댔다는 이야기. 정말 믿을 수 없는 이야기였습니다. 아내의 말이 사실이라면, 아내와 전 이미 십수 년 전에 서로 눈빛을 교환한 사이가 됩니다. 물론 저만의 일방적인 눈빛이었지만 말이죠.

만날 사람은 어떻게든 돌고 돌아 만난다는 이야기가 현실이 되었습니다. 스무 살 분식집에서 만난 첫사랑을 긴 세월 돌고 돌아 다시 만났습니다.

우연은 인연이 되고, 인연은 평생을 함께 걸어갈 아내를 제게 보내주었습니다.

아빠의 비상금 1

인생의 행복은 불현듯 찾아온다.

회사에서 연말정산 환급금을 넣어준단다.

그리고 환급받을 계좌를 별도로 설정하란다.

행복이 찾아오는 순간이다.

나에게도 결혼 7년 차에 처음으로 비상금이 생겼다.

무려 50만 원이.

기쁨으로 손이 떨려오지만, 최대한 침착해야 한다.

과도한 흥분은 일을 그르치기 마련이므로.

50만 원을 현금으로 뽑아 완전범죄를 꿈꿔본다.

이제 소중한 비상금을 안전하게 지킬 수 있는 공간을 찾아야

한다.

'그래, 언제나 등잔 밑이 어두운 법.'

내가 주로 사용하는 자동차 수납함에 넣어두기로 한다.

그리고 출퇴근길에 틈틈이 수납함을 내려다보며 불현듯 찾아온

행복을 만끽한다.

다음 화 120페이지 계속

처음을 온전히 기억하는 일

처음은 늘 설레기 마련입니다.

첫사랑, 첫 면접, 첫 출근……. 40여 년을 살면서 겪은 처음인 경험들은 삶의 활력이자 기쁨이 되었습니다. 그중 제일을 꼽으라면 '첫 아빠'가 된 경험일 텐데요. 딸아이가 태어난 날은 벅차오르는 감동이 가득한 눈부신 날이었습니다. 아이가 6살이 된 지금, 그날의 기억을 다시 떠올려봅니다. 그날의 감정은 생생하지만, 아이의 눈, 코, 입 그리고 품에 안은 감촉은 기억이 또렷하지 않습니다.

어느 주말 오후였습니다. 가족이 함께 거실에서 이런저런 놀이를 하던 중, 아내가 딸아이의 발을 만지작거리며 말합니다.

"채원이 발이 엄마 손가락 세 마디 정도 더 컸네."

별생각 없이 듣다가 아내가 언급한 '손가락 세 마디'라는 구체적인 수치에 생각이 잠시 멈춥니다.

'정말 손가락 세 마디 정도 커졌나?'

그리고 그날 밤, 맥주 한잔에 야식을 먹으면서 아내에게 묻습니다.

"채원이 발이 딱 '손가락 세 마디' 정도 커진 걸 어떻게 알아?"

아내가 미소를 지으며 대답합니다.

"채원이 처음 태어나고, 그 작은 아기가 너무 사랑스럽고 귀여운 거야. 그중에서 보들보들한 발바닥이 최고로 귀여웠지. 그래서 그 발바닥, 발가락을 매일 만지면서 눈을 감고 혼잣말을 했어. '지금 이렇게 만지는 발가락의 감촉을 꼭 기억하자. 기억하자.' 그렇게 매일매일을 기도하듯 다짐하니까, 지금 채원이 발이 딱 '손가락 세 마디' 정도 커진 걸 자연스럽게 알겠더라고."

그렇게 딸아이의 처음을 온전히 기억하려는 아내의 마음이 고맙고 사랑스러웠습니다.

처음은 늘 설레기 마련입니다. 하지만 그 순간을 온전히 기억하고 훗날 꺼내 보기란 쉬운 일이 아닙니다. 잊고 싶지 않은 소중한 '처음'을 대하는 자세를 지금부터라도 바꿔보면 어떨까요? 온전히 마음에 새겨진 처음의 기억들이 인생을 살아가는 원동력이 되어 줄 테니 말입니다.

아이를 향한 사랑을 온전히 기억하기 위해 눈을 감고 되뇌어봅니다.

'딸아이의 예쁜 미소, 안았을 때의 촉감, 오물거리는 입술, 목소리……. 꼭 기억하자. 기억하자.'

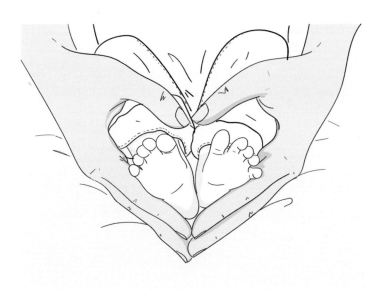

아빠의 비상금 2

비상금은 쓰지 않아도 그 가치의 몇 배를 몇 번 산 것 같은 행복감을 준다.

어제도 오늘도 내일도 비상금은 쓰지 않을 것이다.

하지만 매일 뭔가를 산 것처럼 기쁨을 느낄 것이다.

여느 때와 같이 출근 준비를 하는데, 아내가 말한다.

"오늘 차 바꿔서 출근해. 내 차에 기름 떨어졌어."

최대한 침착해야 한다. 과도한 흥분은 일을 그르치기 마련이므로.

"어, 그래. 안전 운전해." 나의 비상금도 안전하기를.

다음 화 124페이지 계속

가족의 사랑은 함께하는 것

40년을 살면서 육아만큼 전심전력을 다한 일이 있을까 싶습니다. 모든 것이 처음이기에 전심전력은 선택이 아닌 필수였습니다. 하지만 그 힘듦도 나날이 사랑스러워지는 아이를 보며 모두 이겨낼 수 있었습니다. 이렇게 남자 체력으로도 버거운 육아는 종종 아내에게 큰 시련을 안겨줍니다.

요즘 아이가 가장 사랑스러운 순간을 꼽으라면 아침에 일어나 양팔을 뻗어 아빠를 찾을 때입니다. 그러면 막 잠에서 깬 아이를 포근하게 안아주며 "우리 딸, 잘 잤어?"라고 말해줍니다.

언젠가 1박 2일로 출장을 다녀온 일이 있었습니다. 안 그래도 체력이 약한 아내가 지치지 않고 놀아달라는 딸아이에게 시달린 건 아닌지 걱정이 됐습니다. 아니나 다를까 집에 돌아와 마주한 아내의 표정에서 그간 있었던 일을 생생하게 읽어낼 수 있었습니다.

그날 밤 아이를 재우고 아내의 노고를 위로하고자 야식에 맥주를 마셨습니다. 아내는 둑 터진 듯 1박 2일간의 에피소드를 이야기해주었습니다. 그 이야기 속에는 흥 넘치는 딸아이의 귀여움과 격한 외동딸의 투정이 담겨 있었습니다. 그런데 한 가지 예상치 못한 이야기를 듣게 됐습니다.

여느 때와 다름없이 아침에 일어난 아이는 자리에 누운 채로 엄마를 찾았다고 합니다. 그러고는 아빠처럼 자신을 안아달라고 떼를 썼다고 하더군요. 아침이라 손발에 힘이 없던 아내는 '끙' 하는 기합과 함께 3번의 시도 만에 어렵게 아이를 안았다고 합니다. 이내 아내가 원망 섞인 목소리로 저에게 말했습니다.

"자기가 그렇게 매번 안아주면 나 혼자 볼 때 너무 힘들어. 이제 스스로 잘할 나이니까 자립심을 키워주는 건 어떨까?"

부모의 가장 중요한 역할은 훗날 아이가 독립할 수 있도록 돕는 일입니다. 그렇기에 아이가 스스로 할 수 있도록 믿고 기다려줘야 합니다. 물론 아이를 위하는 마음은 크면 클수록 좋지만, 가족의 사랑은 혼자가 아닌 '함께'하는 것이기에 아내의 마음도, 딸아이의 마음도 잘 헤아려야 하겠죠.

내일 아침은 아이가 잠자리에서 스스로 일어나도록 기다려줄 생각입니다. 물론 어느 정도의 투정은 각오해야겠습니다.

아빠의 비상금 3

아내의 차를 끌고 나선 출근길.

차가 몸에 익지 않은 것인지 정신이 나간 것인지, 운전이 제대
로 되지 않는다.

오로지 정신은 내 차 수납함에 모셔둔 '비상금의 안위'에 쏠려
있다.

그러나 최대한 침착해야 한다. 과도한 흥분은 일을 그르치기 마
련이므로.

점심시간에 괜스레 아내에게 전화를 건다.

"밥 먹었어? 출근길에 운전은 괜찮았어?"

아내는 뜬금없는 안부 전화에 웬일이냐며 기분이 좋아 보인다.

아내의 기분 상태로 유추해보건대, 필시 비상금은 안전할 것이다.

다음 화 131페이지 계속

'온전한 사랑'을 알아채는 법

모성은 위대합니다. 반론을 제기할 사람이 있을까요?

아이의 모습을 실시간으로 담을 수 있는 시대입니다. 갓 태어나 울음을 터뜨리는 모습, 배냇저고리를 입고 곤히 자는 모습, 뒤집기를 하는 모습, 얼굴에 온통 이유식을 묻히고 좋아하는 모습, 눈을 맞추며 배시시 웃는 모습 등. 아이의 모든 순간을 언제든 사진과 영상으로 기록할 수 있습니다.

하루는 거실에서 스마트폰을 보던 아내가 "아구아구, 그랬어?"

라며 혼잣말을 합니다. 뭘 보는가 싶어 고개를 쑥 내밀어 화면을 보니, 딸아이의 아기 때 영상을 보고 있습니다. 이제 6살이 된 딸아이는 이목구비가 점점 선명해지면서 아기 때와는 다른 예쁨을 뽐냅니다. 순간, '화면 속 오밀조밀한 아기 때 모습이 더 귀여울 수도 있겠다.'라는 생각이 듭니다. 그러고는 곁에서 노는 딸아이와 스마트폰을 보며 웃고 있는 아내의 모습을 번갈아 보며 생각합니다.

'지금 이렇게 예쁜 딸을 옆에 두고 화면 속 아기를 보고 있다니.'

궁금한 마음에 아내에게 묻습니다.

"여보, 더 예쁜 채원이 지금 옆에 있는데?"

그러자 아내는 스마트폰을 내려놓으며 대답합니다.

"알지. 그런데 채원이 아기 때가 가끔 그리워."

그날 밤, 아내와 이야기를 나눴습니다. 문득 아내는 저에게 이런 말을 합니다.

"당신, 채원이 태어나고 한동안 정말 무심한 아빠였어. 아기 보라고 하면 진짜 눈으로 보기만 하고. 그런데 채원이 돌 지나서부터인가? 그때부터 본격적으로 딸 바보가 됐지. 무슨 계기가 있었던 거야?"

"내가 그랬나? 기억이 잘⋯. 지금 잘하면 됐지."라고 얼버무리고는 한참을 고민해봅니다.

머칠을 고민하던 어느 날, 불현듯 답을 찾았습니다. 아내가 '아이의 갓난쟁이 시절' 영상을 보며 행복해하던 모습에서 실마리를 찾을 수 있었습니다. 딸아이는 돌을 지닐 무렵부터 '엄마', '아빠'를 비롯한 몇몇 단어들을 더듬더듬 말하기 시작했습니다. 표정도 다양해지고 눈빛에도 힘이 생겨 아이와 마주하면 정말 소통한다는 느낌이 들었죠. 바로 그 시기를 전후해 아이를 대하는 태도에 변화가 생겼습니다.

자기의 말과 행동에 반응하는 작고 귀여운 생명체를 좋아하지 않을 인간은 없습니다. 저 또한 그랬습니다. 퇴근이 기다려지고 아이에게 어떤 표정으로 웃음을 줄지 고민하기 시작했습니다. 그러자 아이에게 온전한 사랑을 주지 못했던 '못난 아빠' 시절이 후회되기 시작했습니다. 반면, 아내는 늘 변함없는 사랑으로 아이를 대합니다. 아이의 반응이 있든 없든 말입니다. 그래서 아내는 '갓난쟁이 때의 아이'와 '6살 된 아이'를 똑같은 크기의 마음으로 바라볼 수 있는가 봅니다.

다시 한번 모성의 위대함을 깨닫는 순간입니다. 주고받는 사랑이 아닌 온전히 주는 사랑을 실천하는 그 위대함을 말입니다.

누군가의 온전한 사랑을 알아채기 위해서는 먼저 '사랑을 줄 수 있는 사람'이 되어야 합니다. 아이의 갓난쟁이 때 영상을 꺼내 봅니다. 그리고 아이의 모습을 '대가 없는 사랑'으로 바라봅니다. 그러자 그때는 아무런 반응이 없어 보였던 아기가, 실은 눈빛과 표정, 그리고 손짓으로 아빠에게 온전한 사랑을 전하고 있었다는 것을 깨닫습니다.

아이를 통해 '온전한 사랑'을 알아채는 법을 배웁니다.

너랑 걷는 이 길이 참 좋아

아빠의 비상금 4

다음 날 아침, 급하게 해결해야 할 일이 생겼다며 평소보다 일찍 출근길에 나선다.

사실 아무 일도 없다. 단지 나의 소중한 비상금의 안위가 궁금할 뿐.

그러나 최대한 침착해야 한다. 과도한 흥분은 일을 그르치기 마련이므로.

차분한 발걸음으로 집 대문까지 걸어가 문을 열고,

뒤돌아 차분하게 아내에게 인사한 뒤 대문을 닫고, 차분하지 않게 차로 뛰어간다.

호흡은 거칠고 손은 떨려온다.

몇 번의 헛손질 끝에 차 문을 열고 수납함을 확인하자, 비상금은 안전하다.

걸릴 듯 걸리지 않는 긴장감에 묘한 희열을 느낀다.

이대로는 안 된다.

퇴근 후 비상금을 꼬깃꼬깃 챙겨 비장하게 집으로 들고 들어온다.

이제부터가 중요하다. 최대한 침착해야 한다. 과도한 흥분······.

(생략)

새로운 비상금의 거처를 찾았다. 이보다 더 완벽할 순 없다.

아이의 책 『덩덕쿵 호랑이』 21페이지에 비상금을 숨긴다.

다음 화 141페이지 계속

'난독'을 '낭독'으로 극복하다
낭독 예찬

때론 의도하지 않은 작은 변화가 삶 전반에 영향을 미치는 경우가 있습니다.

고등학생이던 2000년 초반, 그즈음 수능 언어영역 지문의 길이가 두 배가량 늘어났습니다. 긴 지문을 최대한 빠르게 읽어야만 시간 안에 겨우 문제를 풀 수 있었습니다. 어릴 때부터 문장을 두고두고 곱씹으며 공부하던 제게 그런 흐름은 너무나 벅찼습니다. 빨리 읽어야 한다는 초조함에 속독 관련 책을 찾아보게 되었고, 수십 장이 일련의 점으로 채워진 이상한 책을 발견했습니다.

'시야를 확장하는 법.'

'한 번에 여러 줄을 읽는 법.' 등등.

지금 생각하면 황당한 책이 아닐 수 없습니다.

한동안 책 속의 무수한 점들에 파묻혀 속독을 공부했습니다. 시야에 최대한 많은 글씨를 쓸어 담으니 마음은 편했습니다. 그런데 속독은 제게 난독이라는 질환 아닌 질환을 안겨줬습니다. 이후 '낭독'을 접하기 전까지 10년에 가까운 시간을 '난독'이라는 지독한 녀석과 싸워야 했습니다.

이해 없이 앞으로만 나가는 안구 운동은 읽기 능력을 점점 퇴화시켰습니다. 심각할 때는 글씨가 흩어지는 묘한 현상과 함께 짧은 문장도 제대로 이해하지 못하는 상태가 됐습니다. 얼마 남지 않은 수능일과 점점 떨어지는 성적에 심한 압박감을 느꼈고, 그럴수록 상태는 더 나빠졌습니다.

성인이 된 후에도 무언가를 읽는 것에 대해 막연한 두려움이 있었습니다. '삶을 살아가는 데 읽기 능력이 이렇게나 필요한가?' 싶을 정도로 난독은 제 인생의 큰 걸림돌이 되었습니다. 대학 졸업을 앞두고 시험 준비를 시작하면서 난독으로 인한 고통은 더욱 커졌습니다.

그런데 우연히 시작한 스터디 모임에서 은인을 만나게 됩니다. 같은 시험을 준비하던 그녀는 엄청난 암기력과 이해력으로 누가 봐도 합격이 예상되는 사람이었습니다. 하루는 그녀와 공부법에 관한 이야기를 나누게 되었는데, 그 대화에서 제 인생의 전환점이 되는 '낭독식 공부법'에 대해 듣게 됩니다. 그녀의 공부법은 이랬습니다.

'내용의 이해가 먼저고, 단권화와 속독은 그다음이다.'
'그리고 그 문장의 이해는 낭독으로 시작한다.'

지금껏 '낭독식'의 공부법을 생각해본 적이 없었습니다. 어차피 안 되던 공부라 그녀의 공부법인 '낭독'을 따라 해보기로 했습니다. 그런데 놀라운 변화가 일어났습니다. 책을 소리 내어 읽자 그동안 이해되지 않던 문장들이 너무 쉽게 이해되기 시작했습니다. 그리고 쉬어 읽는 곳을 자연스레 알게 되면서 문장을 의미 단위로 파악하게 되었고, 이는 읽기 능력의 전반적인 향상으로 이어졌습니다.

이상한 일이었습니다. 수년간 간절히 바랐던 속독의 비결을 천천히 읽는 낭독에서 찾다니 말입니다. 원래대로라면 몇 달이 걸렸을 공부량을 낭독식 공부법으로 단 몇 주 만에 해낼 수 있었습니다. 공부가 재미있었습니다. 읽는 것이 즐거웠습니다.

그런데 또 한 번의 변화가 일어납니다. 수개월간 지속한 낭독식 공부법이 완전히 체화되었을 무렵, 다시 묵독식으로 읽어보기로 한 겁니다. '혹시 예전처럼 글자가 흩어지거나 이해력이 떨어지지는 않을까?'라는 두려움이 있었지만, 낭독으로 향상된 읽기 능력은 묵독에서도 그대로 발현되었습니다. 읽기 능력의 극적인 변화와 함께 10개월간의 수험생 생활을 마치고 시험에 합격할 수 있었습니다.

초등학교 시절 국어 시간에는 한 명씩 돌아가며 책을 소리 내어 읽는 시간이 있었습니다. 그때 전 꽤나 소극적이었던 걸로 기억합니다. 지금에 와서 보니 '한 글자라도 더 소리 내서 읽을걸.' 하고 후회가 됩니다.

세계적인 브레인 코치 짐 퀵은 자신의 책 『마지막 몰입』에서 '고대의 읽기는 묵독이 아닌 낭독이 주를 이루었고, 도서관은 떠들썩한 낭독자들의 공간이었다.'라고 말합니다. 묵독은 후대에 수도사들이 문장 사이에 공간을 넣어 띄어 쓰면서부터 시작되었다고 합니다. 그렇습니다. 읽기의 바탕에는 위대한 '낭독'이 있었습니다.

이렇게 낭독이 제 삶에 선사해준 경이로운 변화들은 이루 다 말로 할 수 없을 정도입니다.

그중에서 가장 경이로운 변화는 제게 낭독의 비법을 알려준 그녀가 지금은 제 아내가 되었다는 점일지도 모르겠습니다.

이렇듯, 인생의 작은 변화는 때론 삶 전반에 영향을 미치기도 합니다.

발톱만 잘 정리해도

삶의 많은 부분은 반복되는 습관의 결과물입니다. 남이 보기에 번거로운 일도 그 일이 이미 습관이 된 사람에겐 별일 아닌 것처럼 느껴집니다. 심지어 때론 그 습관이 뜻밖의 행운을 가져다주기도 하는데요.

때는 바야흐로 대학을 졸업하고 진로를 고민하던 27살의 어느 여름날이었습니다. 그때 저는 취업과 공무원 시험을 두고 나름 진지하게 고민 중이었습니다. 마침 연락이 닿은 고등학교 때 친구가 공무원 시험을 준비한다기에 같이 시작해보기로 했습니다. 친구는 스터디 모임도 꾸리기로 했다면서 몇몇 사람을 소개해주었습니다. 이미 언급한 적이 있지만 지금의 제 아내를 그 모임에서 처음 만나게 되었습니다. 그 첫 만남의 일화를 짧게 소개할까 합니다.

아내를 만난 첫날, 저는 무더운 날씨에 반팔과 반바지, 그리고 슬리퍼 차림이었습니다. 사실 그날의 복장을 기억하는 이유는 아내가 몇 년 뒤 첫 만남의 기억을 되짚어주면서 알게 된 것입니다.

그런데 말입니다. 그날 아내가 기억한 복장은 정확히 옷이 아니라 슬리퍼 사이로 나온 제 발가락이었습니다. '관리된 발가락'이라고 하면 표현이 우스울까요? 슬리퍼 차림이었지만 발톱이 잘 정리된 모습이 깔끔한 인상을 줬다고 합니다. 물론 손톱도 잘 정리되어 있었습니다.

저에겐 특정 요일, 특정 시간에 손발톱을 정리하는 습관이 있습니다. 발톱을 유심히 살펴본 아내도 독특했지만 이렇게 손발톱을 강박적으로 정리하는 습관도 조금 특이하긴 합니다.

그날 제 발톱이 조금 길었다면, 분명 아내에게 좋은 첫인상을 주지 못했겠죠. 손발톱을 정리하는 사소한 습관이 제 인생의 반려

자를 선물해준 셈입니다. 그런데 결혼 후 아내는 제게 이런 얘기를 하곤 합니다.

"결혼해보니까 자기는 손발톱만 정리하는 것 같아."

맞습니다. 생각보다 깔끔하지 않기에 아내로서는 사기 결혼이라 볼 여지도 있지만, 다행히도 그날의 정리된 발가락이 제게 행운을 가져다줬습니다.

이렇듯 사소한 습관이 쌓이고 쌓여 큰 행운이 되는 법입니다.

아빠의 비상금 5 _결말

역시 등잔 밑이 어두운 법. 비상금은 한 달째 무사하다.

아이의 책장을 지날 때마다 눈알을 굴려 『덩덕쿵 호랑이』의 위치를 확인한다.

아내와 나, 그리고 비상금이 공존하는 공간이라니. 생각만 해도 짜릿하다.

그러나 최대한 침착해야 한…. (생략)

아무튼 비상금과의 동거는 꽤나 안정적이다.

곧 아이의 생일이 다가온다. 아이가 티니핑 인형을 사달란다.

아내는 아이에게 농담으로 이야기한다.

"채원이 생일 아직 열 밤 남았어. 혹시 채원이 용돈 모은 거 있으면 미리 사도 되고."

아이가 대답한다.

"나 돈 많아. 진짜로." 아이의 대답이 귀엽다.

자신의 저금통에서 동전 몇 닢을 가져올 테니 말이다.

일어선 아이는 저금통이 있는 방이 아닌 책장으로 걸어간다.

불길하다.

아이는 거침없이 책 한 권을 뽑아 엄마에게 가져간다.

책의 제목은 『덩덕쿵 호랑이』! 믿을 수 없는 광경.

그리고 이내 21페이지를 펼치며 엄마에게 말한다.

"엄마, 나 진짜 돈 많지? 그치?"

일상의 행복은 불현듯 찾아온다.

그리고 일상의 불행도 불현듯 찾아온다.

하지만 그 비상금이 아이의 티니핑 인형이 되고 가족의 외식비

가 되었으니 괜찮다.

정말 내 마음도 괜찮다.

실패는 성공의 밑거름이 되어줄 테니.

믿음의 힘은 실로 위대한 것

계단 앞에 선 아이가 한 발짝 떼기를 두려워합니다.

혼자 내려오려니 무서운가 봅니다. 몇 계단 아래에서 아이를 향해 손을 뻗으며 이야기합니다.

"채원아, 할 수 있어. 아빠가 앞에 있잖아."

아이는 한참을 고심하다가 이내 결심한 듯 한 발짝을 내딛습니다.
한 계단, 두 계단, 세 계단. 아이의 발걸음은 점점 씩씩해집니다.

믿음의 힘은 실로 위대합니다. 도저히 해낼 수 없다고 여겼던 일도 자신의 능력을 믿어주고 응원해주는 어떤 존재로 인해 마침내 이루게 되니 말입니다.

저에게는 글쓰기가 '도저히 해낼 수 없는 일'이었습니다. 가족의 소중한 순간을 글로 남겨보고자 시작했던 일은 바쁜 회사 생활, 피곤함 등의 이유로 점점 미뤄졌습니다. 브런치스토리에 글을 쓰기 시작하면서 한 편의 글을 발행할 때마다 아내에게 링크를 보냈습니다. 물론 가족의 추억을 담았기 때문에 아내가 좋아하는 것은 당연한 일이었습니다. 그때마다 아내는 마음을 다해 응원해줬습니다. 그리고 그 응원의 말 속에는 빠지지 않는 칭찬이 있었습니다.

"오빠 글은 읽고 있으면 마음이 편안해져서 참 좋아."

아내의 칭찬이 '유려하게 잘 쓴 글'이라는 의미는 아니었지만, 내 글이 누군가의 마음에 작은 울림으로 전해질 수 있다는 희망을 품게 하기에 충분했습니다. 지금까지 스스로 글을 잘 쓴다고 생각한 적이 없었기에, 평생에 이렇게 꾸준히 글을 쓸 거라고는 단 한 번도 상상하지 못했습니다. 더군다나 그 이야기들을 하나로 엮여

제목을 달고 표지를 마련해 책으로 발행한다는 것은 일생에 경험할 수 없는 영역으로 여겼습니다.

계절이 바뀌는 동안 꾸준히 글을 썼습니다. 아이가 잠든 후에는 아내와 글을 읽으며 가족의 소중한 순간을 마음에 새겼습니다. 이 모든 것은 아내의 변함없는 믿음과 응원이 있었기에 가능한 일이었습니다.

고맙고 또 고맙습니다.
소중한 순간을 선물해준 아이도, 그 소중함을 글로 담을 있도록 믿어준 아내도.

훗날 인생의 내리막길을 마주하더라도, 서로를 믿어주고 응원해주는 가족이 있다면 그 한 걸음 내딛기가 두렵지 않을 것입니다. 한 계단 내려오기를 주저하던 아이에게 아빠라는 존재가 힘이 되어준 것처럼, 가족의 믿음은 인생을 행복으로 이끄는 가장 위대한 힘이라는 것을 깨닫습니다.

아내와 아이의 믿음이 있는 한 뭐든 해낼 수 있습니다.

3장

아빠의
'사색의 기록'

결혼하고 아이를 키우며 비로소 사람이 되어가는

아빠는 생각이 많습니다.

그 사색의 기록을 담아 먼 훗날 딸아이에게 전하려 합니다.

하루하루 커가는 딸아이를 보며 정작 자라는 것은

아빠의 마음임을 깨닫습니다.

늘 그 말만 하는 사람

당신은 오늘 몇 명의 사람과 이야기를 나눴나요?

곰곰 생각해보면 의외로 많은 사람과 대화했다는 것을 알 수 있습니다. 간단한 인사부터 다소 긴 대화까지, 여러 사람과 말이죠.

오늘 점심시간에는 얼마 전까지 같은 팀에서 일하던 직원과 담소를 나눴습니다. 한창 대화를 하던 중 그 직원이 저에게 이런 말을 합니다.

"○○ 씨랑 얘기하면, 꼭 그 주제를 언급해줘서 마음을 다잡게 된다니까요."

처음에는 무슨 이야기인가 싶었습니다. 그 직원에게 "요즘 재정 관리는 잘되고 있느냐?"는 질문을 던진 후에 돌아온 대답이었습니다.

인사 발령 전, 그 직원의 가장 큰 고민은 바로 '논 관리'였습니다. 최근 독립을 한 그 직원은 생각보다 많은 돈이 들어간다며 재정 관리의 어려움을 토로하곤 했습니다. 마침 재테크에 관심이 많았던 저는 그간 쌓아온 내공을 아낌없이 써가며 다양한 조언을 해줬습니다. 관련 책들도 추천하면서 말입니다.

짧은 대화를 마치고 이런 생각이 들었습니다.

'아, 내가 너무 돈 얘기만 했나?'
매사 '돈, 돈' 하는 사람으로 보인 건 아닌지…. 왠지 마음이 무거워집니다.

사람은 저마다의 관심사가 있기 마련입니다. 그리고 관심 분야와 관련된 주제에 더 많은 흥미를 느끼고, 그 주제와 관련된 대화를 선호합니다. 이는 당연한 일입니다. 반면, 관심 분야가 전혀 다른 사람과의 대화는 한쪽의 일방적인 연설이 되는 경우가 많아서 지루할 수밖에 없습니다.

그럼 어떤 사람이 되어야 할까요? 늘 같은 말만 하는 그런 사람이 되어야 할까요?

우리는 인생을 살아가면서 수많은 사람을 만나지만, 모든 사람이 내 맘 같진 않습니다. 심지어 피로 맺어진 가족 중에도 대화가 통하지 않는다고 느껴지는 '늘 같은 말만 하는 사람'이 있기 마련입니다.

그래서 이런 사람이 되기를 희망해봅니다.

'늘 같은 말만 하는 사람'이 아닌 '언제든 다양한 이야기를 나눌 수 있는 열린 사람'이기를. 이는 다양한 지식을 갖추지 않아도 충분히 가능한 일입니다. 상대의 이야기를 들어주고 공감해주는 약간의 배려심만 있다면 누구나 열린 사람이 될 수 있습니다.

하루의 끝에 오늘 나눈 수많은 대화를 떠올려봅니다.

내일은 그 대화들이 부딪힘 없는 다양한 주제로 채워지기를 소망합니다.

딸에게 전하는
인생 명언

다른 사람을 대할 때
그 사람의 몸도 내 몸같이 소중히 여겨라.
그리고 다른 사람에게 바라는 일을
내가 먼저 그 사람에게 베풀어라.

_공자

사람의 가치는
타인과의 관계로서만 측정될 수 있다.

_프리드리히 니체

마지막을 가정한다면

사람은 누구나 죽음을 맞습니다.

죽음, 제 일이든 가까운 사람의 일이든 그것은 상상하는 것만으로도 큰 고통이 됩니다. 그러니 죽음 앞에서 초연하기란 사실상 불가능한 일입니다.

딸아이와 선풍기 바람을 쐬며 한가로이 낮잠을 자고 있었습니다. 휴대전화 진동과 함께 날아온 메시지에 깜짝 놀라, 혼잣말로 '큰일 났다.'를 연신 내뱉었습니다. 형에게 온 메시지에는 "엄마 뇌경색이래."라는 짧은 한 줄이 쓰여 있었습니다.

'뇌경색이면 뇌졸중을 말하는 건가?', '그 반신마비 같은 그거?' 순간 큰일이 났음을 직감하고 형에게 전화를 걸었습니다. 형이 전해준 이야기는 어머니가 두통이 너무 심해서 지난주 병원 진료를 받았는데, 뇌 MRI 촬영 결과 '뇌경색' 진단을 받았다는 내용이었습니다. 머릿속이 하얘지고 곧 눈물이 쏟아질 것 같았지만, 침착하게 다시 물었습니다.

"그래서 엄마는 지금 어때?"

차분하게 형의 이야기를 들어보니 다행히 작은 혈관이 막혀서 생긴 뇌경색이었고, 불행 중 다행은 후유증이 어지러움이나 약간의 시력 저하 정도라는 것이었습니다. 통화를 마친 뒤 가족과 함께 병원으로 향했습니다.

마음이 참 이상했습니다. 효자도 불효자도 아닌, 그냥 무난하게 내 가족 꾸리고 살던 내가 지금은 마냥 불효자가 된 것 같았습니다. 말 한마디 다정하게 전하지 못했던 짧은 통화들, 바쁘다며 자주 찾아뵙지 못한 지난날들이 큰 돌덩이가 되어 마음을 짓눌렀습니다.

어머니는 병상에 누워 환한 미소로 우리 가족을 맞아주셨습니다. 손녀딸의 말 한마디, 행동 하나하나에 눈을 떼지 못하며 여느 때와 같이 행복해하셨습니다. 다행히 약물 치료를 받고 정기적으로 검사만 잘하면 전과 같은 일상생활이 가능하다는 이야기를 전해 듣고는 마음이 한결 놓였습니다.

우리는 종종 생각해봐야 합니다. 자신과 주변 사람들의 마지막을 말입니다. 지금 당연하게 흘러가는 일상이 실은 당연하지 않은 것일 수 있습니다. 한 치 앞도 알 수 없는 것이 인생이기에 지금 누리는 행복을 소중히 여겨야 합니다.

당장 내일, 눈앞에 있는 사랑하는 사람이 사라져버릴 수도 있습니다. 그렇게 남겨진 사람들은 사무치는 그리움에 기나긴 고통의 가시밭길을 지나야 할 테죠. 곁에 있을 때 더 잘해주지 못한 것을 후회하고, 그 소중함을 몰랐다며 자책합니다.

이제 익숙함이라는 그늘을 거두고 주변을 돌아봅니다.
그러자 비로소 한결같은 미소로 나를 바라봐주는 소중한 이를 마주하게 됩니다.

딸에게 전하는
인생 명언

태어난 모든 것들은
기약조차 없는 이별을 준비하고 있어야 한다.

_발타자르 그라시안

만나고, 알고, 사랑하고, 그리고 이별하는 것이
우리 인간의 공통된 슬픈 이야기다.

_새뮤얼 콜리지

사랑을 잃었을 때 치료법은 더욱 사랑하는 것밖에 없다.

_헨리 데이비드 소로우

조식 뷔페보다 한 그릇 북엇국이 좋다

휴가지 숙소에서 아침을 먹습니다. 요즘은 대개 조식 뷔페를 제공하는 곳이 많습니다. 다양한 종류의 먹거리는 보는 것만으로도 배가 든든해지는 기분입니다. 그런데 왠지 몇 접시를 비우고 나면 보기보다 먹을 게 없다는 생각이 듭니다.

한번은 출장지 숙소에서 조식으로 한 그릇 북엇국이 나왔습니다. "뷔페가 아니네."라며 같은 방을 쓰는 동료가 볼멘소리를 합니다. 그런데 막상 한 그릇을 비우고 나니, 배를 쓰다듬으며 만족스러워합니다.

단조로운 한 그릇 북엇국에서 큰 만족감을 느끼는 이유는 무엇일까요?

뷔페에서 여러 종류의 음식들을 한 접시에 담아놓고 보면, 경계 없이 섞여버린 모습에 왠지 마음이 불편해집니다. 그리고 이것저것 맛보다 과식하게 되어 종국엔 불쾌한 기분마저 듭니다. 반면 한 그릇 북엇국은 한 끼 식사에 딱 알맞은 정도의 1인분입니다. 곁들여 먹을 수 있는 반찬도 오징어젓갈, 김치 정도입니다. 양껏 먹어도 한 그릇일 뿐이라 적당한 포만감을 느낄 수 있습니다.

요즘은 보기 좋은 음식들이 가득한 뷔페처럼 주위에 즐길 거리가 넘칩니다. 접시 하나에 마구잡이로 뒤섞인 '재미의 잡탕' 속에서 정신을 차리기가 쉽지 않습니다.

한 그릇 북엇국을 보며 '삶도 딱 소화시킬 정도로만 살고 싶다.'는 생각을 해봅니다. 뭐든지 과잉인 세상입니다. 그리고 복잡합니다. 이럴 때 잊지 않고 한 그릇 북엇국을 떠올려봅니다.

아! 그리고 보니 조식으로 북엇국이 나온 전날 밤, 과음했다는 사실도 함께 떠오릅니다.

딸에게 전하는
인생 명언

인간을 지배하는 것은
운명이 아니라 자신의 마음이다.

_요한 볼프강 폰 괴테

나는 내 운명의 주인이고 내 운명의 선장이다.

_윌리엄 헨리

정말 좋은 아침입니다

최근 들었던 우스갯소리입니다.

직장인들이 많이 하는 거짓말 중 하나가 "좋은 아침입니다."라고 하더군요. 출근길에 동료가 건네는 아침 인사에 기운을 얻곤 했는데, 이제는 그 속뜻이 궁금해집니다.

이내 머리를 흔들어 의심을 털어낸 뒤, 곰곰이 생각해봅니다. 우스갯소리는 듣는 이에게 '피식'하는 정도의 소소한 웃음을 줄 뿐이기에, 출근길에 좋은 기운을 전해준 그 한마디를 온전히 받아들이기로 합니다. 그리고 오늘은 내가 먼저 옆자리 직원에게 "좋은 아침이네요."라고 밝게 인사를 건넵니다. 그러자 덩달아 기분이 좋아진 자신을 발견합니다.

우리는 상대가 전하는 말 한마디에 쉽게 감정이 동요되곤 합니다. 말에는 생각보다 강렬한 감정의 파동이 있어서 좋은 말은 긍정의 기운을, 나쁜 말은 부정의 기운을 내뿜습니다. 그리고 그 기운은 말하는 이와 듣는 이 모두에게 영향을 미칩니다.

말의 중요성은 아무리 강조해도 지나치지 않습니다. 그런데 종종 말의 중요성과 행동의 중요성을 비교하려는 사람들이 있습니다. '말보다는 행동으로 보여주는 게 진짜지.', '아니야, 아무리 행동이 의롭고 좋아도 말이 곱지 않으면 모두 허사야.' 이와 같은 논쟁은 끝이 없어 보입니다. 말과 그 속에 담긴 진심, 그리고 뒤따라오는 행동이 일치하는 것이 제일이지만, 다정한 말 한마디만으로도 상대에게 온화한 기운을 전할 수 있습니다.

지금까지 언급한 '말의 중요성'은 단어의 온도, 목소리 톤, 표정 등을 아우르는 '말하는 태도'에 관한 이야기입니다. 모두가 함께하고 싶은 사람은 긍정의 기운이 가득한 '따뜻한 언어'를 사용하는 사람입니다.

오늘부터 말 속에 다정함을 담기 위해 쓰이는 단어 하나하나를 살펴봅니다. 그리고 그런 날들이 쌓여 오래도록 함께하고픈 따뜻한 사람이 되기를 소망합니다.

그럼, 오늘도 '정말' 좋은 아침입니다.

딸에게 전하는
인생 명언

인류에게 정말로 효과적인 무기가 하나 있다.
그것은 바로 웃음이다.

_마크 트웨인

행복은 인생의 유일한 목적이다.
그런데 하루 몇 번 미소 짓느냐가 그것의 유일한 척도다.

_스티브 워즈니악

세상이 눈물의 골짜기라면
그 위에 무지개가 떠오를 때까지 미소 지어라.

_루시 라콤

궁금한 게 없으니

'스몰토크'. 일상적이고 소소한 주제로 친밀감을 형성하기 위해 이뤄지는 대화를 말합니다. 저에게 있어서 이 스몰토크는 늘 '스몰'한 문제가 아니었습니다. 평소 용건을 가지고 말하는 것조차 버거웠기 때문에, 특별한 주제 없이 이어지는 스몰토크는 말 그대로 난제였습니다.

직장을 다니기 시작하면서 스몰토크의 필요성은 더욱 커졌습니다. '그날의 날씨'부터 '바뀐 머리 모양', '어제 들른 맛집' 등등. 소소한 대화가 쉼 없이 오가는 중에, 저는 자주 어색한 웃음을 지어야 했습니다.

이 난제를 타개하기 위해 대화법에 관한 책을 하나둘 읽기 시작했습니다. 셀 수 없이 많은 대화법이 있었지만, 대부분 뜬구름 잡는 이론일 뿐이었습니다. 그러다 눈에 훅 들어오는 한 문장을 발견했습니다.

'궁금한 게 없으니 말할 거리도 없지.'

맞습니다. 그동안 할 말이 떠오르지 않았던 이유는 딱히 궁금한 점이 없었기 때문이었습니다. 그래서 대화를 잘하고 싶다는 생각을 버리고 그저 상대를 관찰하기 시작했습니다. 그러자 상대가 '어떤 옷을 입고 있는지', '표정은 어떤지', '어디가 불편한지'가 눈에 들어왔습니다.

그래도 입을 닫고 지낸 지가 수십 년이라, 선뜻 말은 나오지 않았습니다. 하지만 궁금함이 쌓이고 쌓이다 보니, 어느 순간 참지 못하는 지경에 이르더군요. 이윽고 의지와 상관없이 입이 터지는 순간이 찾아왔습니다. 상대를 관찰하는 습관이 생기자 자연스레 궁금한 것들이 생기고, 그 궁금함이 쌓여 임계점에 도달하자 진짜 대화가 시작되었습니다.

그동안 '말은 청산유수처럼 유려하게 할 필요 없어.', '할 말을 정확하게 전달만 하면 되지.'라며, 대화에 소극적인 자신을 위로하곤 했습니다. 하지만 말을 잘한다는 것은 분명 인생의 큰 무기이기에 이러한 정신 승리는 독이 될 뿐이었습니다.

대화가 자연스럽지 못한 상황을 들여다보면 주제에 대한 정보나 지식이 전무(全無)한 경우가 많습니다. 반면 자신의 관심 분야에 대해서는 어떤 주제라도 쉽게 대화를 이어갈 수 있습니다. 한때 사회인 야구에 진심이었던 저는 야구용품이나 부상 없이 공 던지기 등에 대해서는 언제든지 이야기할 수 있습니다. 또 아이와 함께 가기 좋은 캠핑장, 유튜브 채널 성장시키기, 설거지 손쉽게 하기 등등. 나름 관심 분야가 다양하다는 것을 새삼 깨닫습니다.

대화를 잘하고 싶다면 반드시 궁금해해야 합니다. 뭐든 말이죠. 매일같이 이 말을 마음에 새겨봅니다.

'궁금해 죽겠으면 입을 막아도 말이 새어 나온다.'

딸에게 전하는
인생 명언

> 역경과 곤궁은
> 호걸을 단련하는 도가니와 망치다.
>
> _채근담

> 곤궁에는 운명이 있음을 알고,
> 형통에는 때가 있음을 알고,
> 큰 어려움에 처해도 두려워하지 않는 것이
> 성인의 용기다.
>
> _공자

윽, 이 냄새는?
괜찮아, 곧 적응하잖아.

직장 근처에 밭이 있습니다. 어느 날, 사무실에 지독한 거름 냄새가 퍼지기 시작합니다. 그 냄새가 어찌나 심한지 두통까지 올 지경입니다. 오전 내내 인상을 찌푸리며 일하다가 퇴근할 무렵이 되었습니다. 그런데 고통스러웠던 오전의 기억은 사라지고 평소와 다름없는 무난한 퇴근길임을 깨닫습니다. 그렇습니다. 도저히 적응할 수 없을 것 같던 거름 냄새도 반나절 만에 무취가 되어버렸습니다.

얼마 전 여행길에 향수를 하나 샀습니다. 평소 로션도 바르지 않았던 터라 향수를 뿌리는 일이 여간 귀찮은 게 아니었습니다. 그래도 며칠을 열심히 뿌려봅니다. 최대한 은은한 향을 골랐지만, 막상 몸에 뿌리니 그 냄새가 강하게 느껴집니다. 특정 몸짓을 할 때마다 퍼지는 향기 때문에 '아, 나 향수 뿌렸지.'라는 자각을 하루에도 몇 번씩 하게 됩니다. 그런데 딱 3일이었습니다. 그새 코가 향기에 적응해 이제는 향수 냄새가 특별하게 느껴지지 않았습니다. 그렇게 향수는 로션과 함께 거의 새것으로 화장대에 놓여 있습니다.

인간의 적응력은 냄새뿐 아니라 생활 모든 면에서 대단한 힘을 발휘합니다. 처음에는 힘들었던 일도 적응기를 지나 몸에 익으면 손쉽게 해낼 수 있습니다. 이런 적응력의 효용성을 제대로 알고 일상 곳곳에서 습관처럼 행할 수 있다면, 오늘보다 더 나은 내일을 맞이할 수 있습니다.

하지만 적응에 따른 무뎌짐은 특별한 주의가 필요합니다. 지나친 익숙함은 좋아하는 일을 싫증 나게 만들기도, 소중한 사람과의 관계를 소원하게 만들기도 하기 때문입니다.

소중한 것일수록 그 귀중함의 이유를 자주 되새겨야 합니다. 사랑하는 존재들이 익숙함이라는 그늘에 가려지지 않게 말이죠.

아침에 일어나 잠들어 있는 아내를 바라봅니다. 그리고 아내를
처음 만난 날을 떠올려봅니다.

'아, 내가 그렇게 사랑하던 사람이구나.'

그날의 기억이 따스한 햇살이 되어 익숙함이라는 그늘을 거둡
니다.

그런데 그 옆에 곤히 잠들어 있는 딸아이는 매 순간 새로움이
넘쳐나니, 오히려 익숙함이 필요할지도 모르겠습니다.

좋은 것에는 되도록 적응하지 않는 지혜가 필요합니다.

딸에게 전하는
인생 명언

길이 막혔다면 원점으로 돌아가라.
미로에서 헤매느라 실마리를 찾지 못할 때는
초심으로 돌아가는 것이
뜻밖에 색다른 발견을 가져다줄 수도 있다.

_쿠니시 요시히코

길을 잃는다는 것은 곧
새로운 길을 알게 된다는 뜻이다.

_아프리카 속담

도저히 참을 수 없는 '성시경'

노래가 지닌 놀라운 힘.

노래 하나로 울고 웃었던 추억이 소환되고, 다시금 그때의 감정
을 느낄 수 있습니다. 누구에게나 추억 속 배경음악으로 나지막하
게 깔리는 노래가 있습니다. 저의 10대 시절 감성의 대부분을 차
지하는 노래는 이 가수의 노래가 절대다수입니다.

감성 발라더 '성시경'.
2002년에 데뷔한 성시경은 처음부터 지금까지 변함없는 발라

드 가수입니다. 간혹 불후의 댄스곡을 남기기도 했지만 말이죠.

어느 날 퇴근길에 문득 옛 감성을 느끼고 싶어 유튜브에 '성시경'을 검색해봅니다. 곧 성시경이 히트곡을 모아서 부른 20분가량의 라이브 영상이 뜹니다. 영상의 플레이 버튼을 누르고 집으로 향합니다.

〈내게 오는 길〉, 〈넌 감동이었어〉, 〈두 사람〉, 〈좋을 텐데〉 등등. 주옥같은 노래에 옛 추억이 하나둘 떠오릅니다. 심지어 〈미소 천사〉까지 멋지게 들립니다.

다시 한번 노래가 주는 감동을 만끽하던 그 순간, 노래의 창법이 조금 바뀐 것 같다는 생각이 듭니다. 노래마다 박자나 음정을 미세하게 바꿔가며 조화롭게 변화를 주고 있었습니다. 그런데 그 자유로움이 왠지 더 좋게 느껴집니다.

생각해보면 10대, 20대 때는 성시경의 원음이 담긴 노래만 찾아서 들었던 기억이 납니다. 원음의 틀에서 벗어난 라이브 영상 속 노래가 불편하게 느껴졌습니다. 하지만 나이를 한 살 한 살 먹어가며 매번 똑같은 기계적인 원음이 아니라 자유롭게 변화를 주는 노래에 더 큰 매력을 느낍니다.

나이를 먹고 자신만의 신념에 갇힌 채 시야가 좁아진 사람을 요즘 말로 '꼰대'라고 합니다. '과연 나는 꼰대인가?' 스스로 자문해 봅니다.

40을 바라보는 나이에 최애 가수의 바뀐 창법을 너그럽게, 심지어 사랑하는 나는 완전한 '꼰대'는 아닐 거라는 희망을 가져봅니다.

생각의 확장은 다양한 시도를 통한 경험에서 비롯됩니다. 사색 없는 한 가지 경험은 한 가지 생각만을 낳습니다. 물론 하나를 배워 열을 아는 사람이라면 한 가지 경험만으로도 삶의 지혜를 얻고, 여러 경험 간의 유기적인 연결을 통해 시너지 효과를 낼 수도 있습니다. 하지만 범인(凡人)들은 그렇지 못하기에 의식적으로라도 다양한 경험을 해야 합니다.

'늙어서 어떻게 그런 걸 해?', '하던 대로 하는 게 편해.'라는 생각은 지금이라도 당장 버려야 합니다. 이런 삶의 태도는 나이 든 사람뿐 아니라 '젊은 꼰대'들에게도 필요합니다. 나이 들어 생각이 막히는 것보다 젊어서 막힌 생각은 뚫기가 더욱 어려운 법이니 말입니다.

하버드 심리학의 거장 엘런 랭어는 『늙는다는 착각』에서 사소한 일이라도 적극적으로 선택하는 삶의 자세가 젊음을 유지할 수 있는 비결이라고 말합니다. 늘 하던 대로 소극적으로 행동하는 것이 아니라 뭐든 적극적으로 선택해야 젊은 생각을 유지할 수 있습니다. 만약 어떤 새로운 일을 마주하고 두려운 마음이 든다면, 이 생각 하나로 주저함을 극복할 수 있습니다.

'이 새로운 경험이 나를 꼰대에서 멀어지게 할 거야.'

오늘도 참을 수 없어 '성시경'을 검색해 노래를 틉니다. 물론 라이브 영상으로 말이죠.

딸에게 전하는
인생 명언

바다보다 더 광활한 것은 하늘이다.
하늘보다 더 광활한 것은 사람의 마음이다.

_빅토르 위고

사람이 빨리 간다고 해서 더 잘 보는 것은 아니다.
진정으로 귀중한 것은
생각하고 보는 것이지 속도가 아니다.

_알랭 드 보통

나는 오늘도 '정신 승리'한다

2007년 출간된 론다 번의 『시크릿』은 전 세계에 끌어당김의 법칙을 전한 유명한 자기 계발서입니다. 처음 이 책을 읽고는 아주 사소한 일조차 긍정의 기운으로 채우기 위해 부단히 노력했던 기억이 납니다. 기대만큼 원하는 결과를 얻지 못할 땐 실망하기도 했지만, 끌어당김의 법칙은 분명 제 삶의 큰 무기가 되었습니다.

요즘 '정신 승리'라는 표현이 곳곳에 쓰입니다. 자신의 처지를 합리화하며 스스로 위로하는 사람을 가리키는 자조적인 표현으로, 대개 부정적인 의미를 담고 있습니다. 그런데 정신 승리를 잘하는 사람이 매사 쉽게 포기하고 현실에 안주할 것 같지만, 실상 그들이 일궈내는 성과는 작지 않습니다.

정신 승리 잘하는 사람은 남과의 비교에서 좌절하지 않고 자신을 제대로 바라볼 줄 압니다. 자신의 역량 안에서 할 수 있는 것들을 찾아 꾸준히 실천할 수 있는 저력이 있습니다. 또한 그들은 대개 긍정의 언어를 사용합니다. 어찌 보면 비참한 상황에서조차 좋은 말로 자신을 다독일 줄 압니다.

'정신 승리'하면서 자신에게 건네는 긍정의 말들은 『시크릿』의 '끌어당김의 법칙'과 결을 같이합니다. 인간의 뇌는 부정어를 처리할 줄 모릅니다. 물컵을 들고 가는 아이에게 "물 쏟지 않게 조심해."라고 말하면 아이는 물을 쏟는 장면을 떠올리게 되고, 여지없이 물을 쏟게 됩니다. 그러니 이렇게 말해야 합니다.

"물컵 천천히, 안전하게 들고 가렴."

원하는 것을 이루려면 긍정의 언어를 사용해 성공의 순간을 명확하게 그려낼 수 있어야 합니다. 바라지도 않던 일을 이루는 것은 일생에 한 번 올까 말까 한 행운일 뿐입니다. 반면 끌어당김의 법칙을 실천하는 정신 승리자는 성공을 향해 요행 없이 묵묵히 나아갑니다.

그렇습니다. 정신 승리 잘하면 인생도 정말 승리할 수 있습니다.

딸에게 전하는
인생 명언

누구나 세상을 바꿀 생각을 하면서도
자기 자신을 바꿀 생각은 하지 않는다.

_레프 톨스토이

'나는 변화를 원하는가'라는 질문은 무가치하다.
'변해서 무엇이 되고 싶은가'와
'어떻게 그렇게 될 수 있는가'라는 질문만이
진정한 질문이다.

_스티븐 호킹

집으로 되돌아가는 길은 빠르다

낯선 곳을 찾아가는 중입니다.

초행길이라 조금 긴장이 됩니다. 꽤 오랜 시간이 걸려 목적지에 도착하니 그제야 마음이 놓입니다.

볼일을 마치고 이제 집으로 되돌아가는 길입니다.

왔던 길을 더듬어 열심히 가다 보니 어느새 집 앞입니다. 벌써 도착이라니.

분명 처음에는 한참 지나온 길인데 금세 도착한 기분입니다.

다들 한 번쯤 겪어봤을 일입니다. 되돌아오는 길이 짧게 느껴지는 경험. 왜 그럴까요?

이런 현상이 일어나는 이유는 한 번 왔던 길을 다시 지날 때 머릿속에서 처리할 정보의 양이 줄어들기 때문입니다. 이미 한 번 본 간판, 가로수, 건물들이 머릿속을 가볍게 합니다. 마치 이미 아는 내용의 책이 술술 읽히는 것과 같은 이치입니다.

아이의 시간은 천천히 흐릅니다.

어린 시절을 떠올려보니, 1살을 먹는다는 것은 무려 365번을 자야 채울 수 있는 아주 긴 시간이었습니다. 아이에게 세상은 새로운 것 천지고, 그럴수록 시간은 느리게 흐릅니다.

그런데 어른의 시간은 어떤가요? 열에 아홉은 시간이 쏜살같이 흐른다며 볼멘소리를 합니다. 나이가 들수록 일상의 새로움은 줄어들고, 뇌가 처리해야 할 정보의 양 또한 줄어듭니다. 그러니 시간은 점점 더 빨리 흐를 수밖에요.

반복되는 일상은 편안함을 주지만, 나이 드는 것이 서럽다면 일상에 새로움을 더해보는 것도 좋습니다. 쏜살처럼 지나가는 시간을 '새로움'이라는 제동장치가 잡아줄 테니 말입니다.

오늘은 늘 가던 길이 아닌 새로운 길을 걸어봅니다.

퇴근길이 길어질 것 같지만, 시간을 역행해 젊어지는 기분이라 괜찮습니다.

상상력은 지식보다 중요하다.
지식은 한계가 있지만
상상력은 세상의 모든 것을 끌어안는다.

_알베르트 아인슈타인

상상력은 창조의 출발점이다.
당신이 원하는 것을 상상하고,
상상하는 것을 행동에 옮겨라.
그러면 결국 그것을 창조하게 된다.

_조지 버나드 쇼

부담스럽지 않은 다정함

전국 어디를 가나 사람들이 줄을 서는 맛집이 있습니다. 그런데 음식을 다 먹고 난 뒤 이런 얘기를 하는 사람이 꼭 있습니다.

"딱히 특별한 맛도 아닌데, 이렇게나 사람이 많다니?"

늘 다니는 골목길에 몇 달을 주기로 간판이 바뀌는 가게가 있습니다. 터가 좋지 않은 걸까요. 얼핏 세어도 올해만 업종이 3번이나 바뀐 그곳에 말 그대로 그냥 '밥집'이 들어섰습니다. 특색 없어 보이는 메뉴에 리모델링도 없이 들어선 밥집.

'저 집도 얼마 못 가겠구나.'

그런데 한 달을 버티더니, 두 달째부터는 무슨 마법이라도 부린 것처럼 사람들이 몰려들기 시작했습니다. 얼마 지나지 않아 줄을 서서 기다리는 사람이 생기고 소위 '맛집' 리스트에 당당히 이름을 올립니다.

하루는 인기의 비결이 궁금해서 그 밥집을 찾았습니다.
'도대체 얼마나 맛있길래?'
수십 분을 기다려 자리에 앉았습니다. 메뉴는 육개장, 순두부찌개, 된장찌개, 제육볶음 네 가지뿐이었습니다. 육개장과 제육볶음을 시키고 한 입 먹어봅니다. 정갈한 밑반찬과 시원한 국물은 과하지도 싱겁지도 않은 적당한 맛이었습니다.

'딱히 특별한 맛도 아닌데?'

밥을 다 먹어갈 무렵 깍두기 한두 개가 아쉬웠습니다. 그런데 그때, 주인아주머니인가 싶은 분이 적당한 양의 깍두기를 집어 말없이 반찬 그릇에 놓아주십니다. 과하지도, 그렇다고 무심하지도 않은 그 작은 배려에 기분이 무척 좋아졌습니다.

밥을 다 먹고 난 후, 고개를 들어 천천히 식당 안을 둘러보다 마침내 인기의 비결을 알게 되었습니다. 이 맛집의 비결은 '부담스럽지 않은 다정함'에 있었습니다. 그 다정함은 가게 곳곳에 묻어 있었습니다.

유독 편안한 식사였다고 느낄 수 있었던 널찍한 테이블, 마지막 한 숟가락에 필요한 깍두기 몇 조각, '천천히 드세요.'라고 적힌 안내문. 언제라도 따뜻하게 맞아줄 듯한 편안함이 손님들에게 전해지고 있었습니다. 그리고 이러한 배려는 '제대로 된 한 끼를 먹었다.'라는 만족감으로 이어졌습니다.

그리고 계산을 하면서 한 가지 사실을 알게 되었습니다. 아까 주인인가 싶었던 아주머니가 실은 직원이었다는 사실을 말이죠. 주인아주머니가 계산을 마치며 건네는 한마디가 매우 인상 깊었습니다.

"편안하게 드셨나요?"

'맛있게 드셨나요?'가 아니라 '편안하게 드셨나요?'라니.

매출을 신경 쓴다면 넓은 테이블보다 작은 테이블이 유리합니다. 또, 가게의 회전율을 생각한다면 손님에게 '천천히 드세요.'라고 절대 말할 수 없습니다. 하지만 이 백반집은 손님의 마지막 한 숟가락에 깍두기 몇 조각을 얹어주며 편안하게 먹기를 권합니다. '다시 오지 않을 이유를 찾을 수 없는 곳'이란 생각이 들었습니다.

그리고 가게 구석구석을 챙기는 직원분들의 모습도 인상적이었습니다. 직원이 자신의 일터를 내 가게처럼 여기기란 결코 쉬운 일이 아닙니다. '편안하게 드셨나요?'라고 물어봐 주는 주인아주머니라면 직원을 어떤 마음으로 대할지 능히 짐작할 수 있었습니다. 이 모든 것들이 어우러져 사람들이 줄을 서게 만들고 있었습니다.

이렇듯 이름난 맛집의 비결은 특별한 '맛'이 아니라, 그 집만의 편안한 분위기에 있었습니다. 특히 '과하지 않은 다정함'은 편안함을 전하는 신의 한 수가 되었습니다.

사람 중에도 '과하지 않은 다정함'을 지닌 맛집 같은 사람이 있습니다. 자주 만나지 않아도, 특별히 중요한 얘기를 나누지 않아도 그저 편안함을 주는 사람 말입니다.

삶 곳곳에서 다정함이 묻어나는 '맛집 같은 사람'이기를 꿈꿔봅니다.

딸에게 전하는
인생 명언

미소 짓지 않으려면 가게 문을 열지 말라.

_유대인 속담

단 하나의 친절한 행동은 사방으로 뿌리를 뻗는다.
그리고 그 뿌리는 자라서 새로운 나무가 된다.

_윌리엄 페이버

추억의 진정한 의미

당신에게는 어떤 소중한 추억이 있나요?

'흐드러진 벚꽃이 시야를 가득 채운 어느 봄날.'

'사랑하는 사람과 함께한 어느 주말.'

'자신을 꼭 닮은 아이가 태어난 날.'

그런 추억이 유독 소중한 이유는 무엇인가요? 특별한 장소라
서? 사랑하는 사람이라서?

그 추억을 다시 한번 떠올려봅니다. 그리고 유심히 살펴봅니다.

그 장면 속 주인공은 누구인가요? 사랑하는 사람인가요? 아니면 특별한 장소인가요?

이제야 깨닫습니다. 추억 속 진짜 주인공은 바로 '나 자신'이라는 것을요.

추억이 소중한 이유는 그 속에 자신의 기쁨과 행복이 있기 때문입니다.

그런데 종종 사람들은 '특별한 장소'나 '함께했던 상대'를 떠올리며 추억을 회상합니다.

정작 추억 속 자신의 기쁨과 행복은 제대로 바라보지 못한 채 말입니다.

우리는 행복을 타인으로부터 찾곤 합니다.

그러나 추억의 소중함이 자신의 기쁨에 기반하고 있었음을 깨닫지 못했던 것처럼, 진짜 행복은 타인이 아닌 자기 내면으로부터 찾아야 합니다.

이타심(利他心)은 중요한 선(善)의 기준 중 하나입니다.

남을 위하거나 이롭게 하는 마음은 사랑의 온기를 주변에 전합니다.

그러나 때로는 먼저 자신을 아끼고 위하는 마음이 필요합니다.

자기의 마음을 제대로 돌볼 줄 알아야 '진짜' 소중한 추억을 만들 수 있습니다.

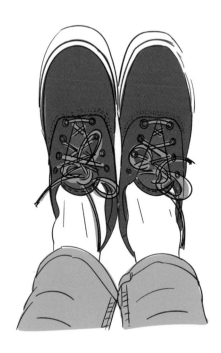

딸에게 전하는
인생 명언

자신에게 가장 훌륭한 스승은 자기 자신이다.
자신이야말로 자신을 가장 잘 알고 있고,
자신만큼 자신을 격려해주고 존중해주는 스승은 없다.

_탈무드

인간은 다른 사람처럼 되고자 하기 때문에
자기 잠재력의 4분의 3을 상실한다.

_쇼펜하우어

새것은 쓰임대로 써야 하는 것

차를 샀습니다. 안팎을 이리저리 살피다 '차를 좀 꾸며볼까?'라는 생각에 열심히 차량용품을 검색해봅니다. 스마트폰 거치대, 방향제 등 다양한 용품이 검색됩니다. 그중 특히 눈에 띄는 제품이 있습니다. 바로 차 문이나 공조기 등 각종 마감재의 흠집을 방지한다는 커버입니다.

순간 '아! 커버를 씌우면 깨끗하게 오래 쓸 수 있겠네?'라는 생각이 듭니다. 그런데 꼬리를 물고 이런 의문이 따라옵니다.
'깨끗한 채로 유지되는 건 커버 안쪽이잖아?'

'그럼, 커버에 생채기가 나면 또 새로운 커버를 씌워야 하나?'

참으로 아이러니합니다. 본래의 모습을 깨끗하게 유지하기 위해서 가짜인 커버를 씌운다는 게 말입니다. 정작 본체는 생채기 없는 모습 그대로 한 번도 세상에 드러나지 않는다니? 이게 무슨 소용일까요?

그래서 결심합니다. 아무것도 사지 않기로.
새 차는 말 그대로 새것입니다. 그 위에 뭔가를 씌워 새것의 신선함을 가리는 일은 어리석은 짓입니다. 무엇이든 열심히 쓰고 생채기도 나야 존재의 의미가 있는 법입니다.

귀중한 것들은 깨지기 쉬운 유리처럼 소중히 다뤄지곤 합니다. 어떤 부모들은 자식을 너무 사랑한 나머지 아이를 자신의 품 안에 두고 보호하려 합니다. 그렇게 자란 유리 같은 아이들은 내면에 생긴 작은 상처로 스스로 깨지고 무너질 수 있습니다.

새것에 생기는 상처는 소중한 인생의 경험이 되고, 그 경험이 쌓이고 쌓여 인생을 단단하게 만듭니다.

그러니, 새것은 그 쓰임에 맞게 아낌없이 써야 합니다.

딸에게 전하는
인생 명언

절대로 지식을 지혜로 착각하지 말라.
지식은 호구지책이요, 지혜는 인생지책이다.

_샌드라 케리어

지혜는 받는 것이 아니다.
우리는 그 누구도 대신해 줄 수 없는 여행을 한 후
스스로 지혜를 발견해야 한다.

_마르셀 프루스트

'있는 그대로의 모습'으로 사는 삶

이십 년이 지난 중학교 졸업 앨범을 펼쳐봅니다. 나름 멋을 부린다고 꾸민 모습들이 어색하기 짝이 없습니다. 오히려 그 당시에는 평범해 보였던 친구들의 모습이 더 자연스럽고 예쁘게 보입니다. 왜 그런 걸까요?

『장자』에는 지리소 이야기가 나옵니다. 옛날 초(楚)나라에 지리소라는 사람이 살았는데, 긴 목 위에 조롱박과 같은 머리가 붙어 있고 턱이 배꼽에 닿았으며 양쪽 어깨는 정수리보다 높이 솟아 있었습니다. 또 옆구리가 허벅지에 닿을 만큼 곱사등이었습니다. 하지만 이렇게 처참한 용모에도 불구하고 지리소는 자기 모습을 있는 그대로 받아들이고 긍정적인 자세로 살았습니다.

전쟁이 일어나 젊은 장병들이 강제로 끌려갈 때, 징집에서 제외된 지리소는 오히려 당당하게 거리를 활보할 수 있었습니다. 또한 각종 부역노 면제받고, 해마다 구휼 제도의 혜택으로 쌀이며 땔감을 넉넉하게 제공받았습니다. 지리소는 남의 옷을 빨아주거나 바느질을 하는 등 자신의 처지에서 할 수 있는 일을 성실하게 하며 천수를 누립니다.

비교로 점철된 요즘 같은 시대에, 타고난 모습에 만족하며 살아가기란 불가능에 가깝습니다. TV나 SNS 속 유명인들을 막무가내로 따라 하며 자신의 본래 모습을 제대로 바라보지 못하는 사람들이 넘쳐납니다. 『장자』 속 지리소는 있는 그대로의 모습을 받아들임으로써 인생의 고비를 무사히 넘깁니다. 이렇듯 본래의 모습을 온전히 받아들일수록 긍정의 기운이 넘쳐나고 인생은 술술 풀리는 법입니다.

『장자』에는 혼돈(渾沌)의 이야기도 있습니다.

남해의 제왕은 '숙'이고 북해의 제왕은 '홀', 그리고 중앙의 제왕은 '혼돈'입니다. '혼돈'은 인간이라면 응당 있어야 할 얼굴의 7개 구멍이 없었습니다. '숙'과 '홀'은 '혼돈'의 영역을 찾아 때때로 쉬곤 했는데, 그때마다 '혼돈'은 최선을 다해 그 둘을 맞이했습니다. '숙'과 '홀'은 '혼돈'의 은덕에 보답하고자 이렇게 논의합니다.

"혼돈에게 하루에 한 구멍씩 뚫어주어, 보고 듣고 먹고 숨 쉬게 해줍시다."

그렇게 혼돈에게 하루에 한 구멍씩 뚫어주니, 칠 일째 되는 날 혼돈은 죽어버렸습니다.

'혼돈'은 얼굴에 7개의 구멍이 없는 모습으로 태어났습니다. '혼돈'은 자신의 땅을 찾아오는 '숙'과 '홀'을 기꺼이 환대하는데, 대개 이런 열린 자세는 자신의 참모습을 부정하는 자에게서는 찾아볼 수 없는 삶의 태도입니다. 즉, 그는 얼굴에 7개 구멍이 없을지라도 '숙'과 '홀'을 부러워하지 않고 자기 모습을 있는 그대로 받아들이는 자였습니다. 그런 그에게 7개의 구멍을 뚫는 행위는 자신을 부정하는 짓이었고, 그렇게 그는 7일째 되는 날 죽고 맙니다.

"자신을 있는 그대로 받아들여라."라는 말에 "그럼 발전 없이 도

태되는 삶을 살란 말인가?"라고 반박하는 사람들이 있을지 모릅니다. 하지만 있는 그대로의 모습을 받아들이는 자세의 가장 중요한 선제 조건은 '자신을 제대로 아는 것'입니다. 이는 고대 철학자 소크라테스의 '너 자신을 알라.'라는 큰 화두로부터 지금에 이르기까지 많은 이들이 얻고자 한 지혜입니다. 자신을 알아가는 과정을 통해 자신이 좋아하는 것과 싫어하는 것, 기쁨을 느끼는 이유, 행복의 근원 등을 깨우쳐야 합니다. 그러한 깨달음을 얻어야만 남과의 비교에서 벗어나 자신의 본래 모습을 올바르게 성장시킬 수 있습니다. 이것이 참의미의 자기 계발입니다. 자신을 아는 것에서 시작해 자신이 가장 잘하고 좋아하는 것을 찾아내고, 그것을 이루기 위해 정진해 나아가는 것! 『장자』속 지리소처럼 인생이 잘 풀리는 비법입니다.

다시 중학교 앨범을 펼쳐봅니다.

차분하고 자연스러운 머리 모양, 적당히 여유 있는 교복 매무새, 예쁘게 보이는 학생들은 모두 그런 모습이었습니다. 그렇습니다. 꾸미지 않은 본연의 모습이 정작 자신을 가장 잘 꾸미고 있었습니다.

이렇듯 자신을 있는 그대로 받아들이는 삶의 자세야말로 인생을 행복으로 이끄는 지름길입니다. 늘 생각의 중심을 '나'로 두고 거기에서 발산되는 긍정적인 기운을 키워나가야 합니다.

인생이 저절로 풀리는 신비한 기운은 이미 당신 안에 있습니다.

딸에게 전하는
인생 명언

젊은이를 타락으로 이끄는 가장 확실한 방법은
다르게 생각하는 사람 대신
같은 사고방식을 가진 이를 존경하도록 가르치는 것이다.

_프리드리히 니체

무지(無知)의 즐거움

우리는 일상 속 작은 변화에 뜻밖의 즐거움을 느끼곤 합니다.

어제와 별반 다르지 않은 출근길, 무심결에 플레이한 유튜브 영상에서 잔잔한 멜로디의 영어 가사 노래가 흘러나왔습니다. 늘 보던 출근길 풍경이었지만 그 노래 하나로 제 기분은 무척이나 좋아졌습니다.

마냥 즐거운 기분을 만끽하다가 노래가 끝나갈 무렵, 문득 이런 생각이 듭니다.

'혹시 이 노래의 가사가 한글이었다면 어땠을까?'

'노래 가사를 이해하려다 내 즐거움이 흩어지지는 않았을까?'

처음 듣는 노래이기에, 더군다나 익숙하지 않은 영어 가사였기에 노래를 부르는 사람의 감정과 멜로디의 선율이 좀 더 날것 그대로 전해지고 있었습니다.

우리는 어떤 상황을 맞닥뜨렸을 때 냉철한 시선으로 그 현상을 분석하고 이해하기 위해 노력합니다. 나날이 심해지는 경쟁과 복잡해지는 사회 시스템들은 이런 현상을 더욱 부추깁니다. 어찌 됐든, 감정이 배제된 냉철한 대응은 더 큰 이익을 가져다줄 확률이 높은 것이 사실입니다.

그런데 혹시 이렇게 날 선 대응이 우리가 누릴 수 있는 무한한 즐거움을 사라지게 만들고 있지는 않을까요?

처음 듣는 외국곡을 들으며 나선 출근길은 저에게 이런 깨달음을 줍니다.

'어떤 사람, 어떤 일을 마주했을 때 그것들이 주는 순수한 감동을 그대로 느껴보자!'

그렇습니다. 때론 가사를 모르는 무지함이 그 노래가 전해주는 감동을 더 생생하게 느끼게 해줍니다.

우리가 마주하는 일상을 '분석하려는 자세'를 버리고 '온전히 받아들이려는 자세'를 취할 때 비로소 진정한 즐거움을 누릴 수 있습니다. 이러한 즐거움은 아이러니하게도 지(知)가 아닌 무지(無知)에 기반하고 있습니다.

때론 뭘 몰라야 진짜를 알 수 있습니다.

딸에게 전하는
인생 명언

버리고 비우는 일은 결코 소극적인 삶이 아니라
지혜로운 삶의 선택이다.
버리고 비우지 않고는 새것이 들어설 수 없다.

_법정

인생은 본시 단순한 것이다.
그런데 사람들은 인생을 자꾸 복잡하게 만들려고 한다.

_공자

인생 돌려볼까?

문서 작업에서 가장 유용한 기능을 꼽으라면 당연 '되돌리기'라고 말할 수 있습니다. 뒤로 다소곳이 되돌리는 아이콘의 모양만 봐도 마음이 편안해집니다. '막 써대도 돼. 어떤 실수도 다 고쳐주마.'라고 말해주는 듯합니다.

문득, '인생에서도 되돌리기 기능이 있다면?' 하고 공상에 빠져봅니다.

새하얀 티셔츠에 음료수를 쏟는 순간 의미심장한 미소로 손가락을 튕겨 몇 초 전의 상황으로 돌아가는 상상은 가히 소름 돋을 만큼 짜릿합니다. 그리고 한번 내뱉은 말도 시침 뚝 떼고 주워 담을 수 있습니다. '인생 2회 차'라는 말이 유행처럼 쓰이는 것도 과거의 실수를 만회하고 절정의 능력치로 인생을 살아가고픈 열망 때문이 아닐까요?

하지만 되돌리기 기능의 남용은 집중력을 떨어뜨리고 잦은 오타를 낳아 문서 작업의 효율성을 떨어뜨리기도 합니다. 키보드를 치는 손가락은 '되돌리기'라는 든든한 뒷배에 의지해 부정확해집니다.

인생을 재차 살 수 있다면 지금처럼 현재에 집중할 수 있을까요?
아마 느슨해진 정신으로 실수를 연발하다 '인생 2회 차'에서조차 회복하기 어려운 지경으로 인생을 망쳐놓을지도 모를 일입니다.
이런 생각에 다다르자 하루하루 힘들게 버티고 있는 것만 같았던 내 인생이 나름 잘 다져진 길이라는 생각을 해봅니다. 매 선택의 순간, 고심하고 노력한 결과가 쌓여 1회 차인 인생을 다시 없을 최고의 인생으로 만들고 있었습니다.

'인생 1회 차', 내뱉은 말을 주워 담을 수도, 얼룩을 남긴 셔츠를 되돌려놓을 수도 없습니다. 다만, 다시 오지 않을 매 순간을 최선을 다해 살아낼 뿐입니다.

1회 차 인생조차 제대로 살지 못한다면 2회 차 인생의 결말은 불을 보듯 뻔합니다. 인생은 다시 살 수 없습니다. 그러니 참으로 다행스러운 일입니다.

자, 다시없을 오늘을 또 한 번 멋지게 살아내 볼까요?

하늘은 태만하게 보냈던 현재의 삶을 만회하도록
두 번째 삶을 허락하지 않는다.

_토머스 제퍼슨

이해의 벽

수십 년을 다른 생활 방식으로 살아온 한 사람을 만났습니다.

처음엔 그 다름이 신선하게 느껴져 나에겐 없고 그에게는 있는, 마치 특별한 능력처럼 보이기까지 했습니다. 하지만 시간이 지날수록 그 신비한 능력은 사사건건 '불편함'으로 다가오기 시작했습니다. 사소한 일에도 신중하게 말하고 판단하던 의젓한 모습은 식당에서 한참 메뉴를 고르지 못하는 답답함으로 느껴졌습니다. 한가지 일에 몰입하던 프로페셔널한 모습은 과몰입 상태에서 종종 나의 질문을 패싱해버리는 상황을 만들었습니다.

여기서 드는 의문,

'같은 상황을 180도 다르게 받아들이는 나는 변덕쟁이인가?'

사실 그 사람도 나도 원래 그런 사람이었습니다. 나는 매사 신중함보다는 신속함을 선호했던 사람이고, 그는 조금 지체되더라도 좀 더 나은 선택을 하려던 사람이었습니다.

그래서 사람을 만날 땐 마음의 흥분을 가라앉히고 나 자신을 객관적으로 바라볼 필요가 있습니다. '나는 이런 상황에서 이런 감정을 느끼는구나' 하고 정확히 인지할 필요가 있습니다. 물론 고요한 심리 상태임을 전제로 말입니다. 마음의 일렁임이 있을 땐 그 너울에 자신의 감정이 가려질 수 있기 때문입니다. 자신을 정확히 알고 더 나아가 나에겐 없는 상대의 능력이 신비로움인지 불편함인지 가려낼 수 있어야 건강한 관계를 오래 이어갈 수 있습니다.

다시 한번 나 자신에게 묻습니다.

'그 사람은 과연 예전과 다르게 변했나?'

아닙니다. 역시 변한 것은 나의 마음가짐이었습니다.

관계를 맺는 일은 늘 어렵기에 평생 고민하고 노력해야 합니다.
노력으로도 붙잡을 수 없는 인연은 마음의 일렁임이라는 너울로
도 가릴 수 없는 문제점이 있다는 것을 빨리 인지해야 합니다.

딸에게 전하는
인생 명언

남과의 사이가 좋지 못할 경우 책망받아야 할 사람은
남이 아니라 바로 당신 자신이다.

_레프 톨스토이

중독은 집중하는 데서 시작된다

지난여름의 일입니다.

가족과 함께 근처 계곡을 다녀왔습니다. 가벼운 복장에 다소 헐거운 슬리퍼를 신고 떠난 여행은 의외의 일로 특이점을 맞습니다. 제가 돌 사이를 걸어가다 이끼를 밟고 미끄러져 그만 발이 돌 틈에 끼였던 겁니다. 다행히 크게 다치진 않았지만 헐거운 슬리퍼 사이로 발이 드러나면서 그대로 밤송이를 밟고 말았습니다. 돌 틈에서 빼낸 발에는 밤송이가 덜렁 매달려 있었습니다. 발바닥으로 밤송이를 낳은 격이었습니다.

그런데 이때의 생각 없는 대처가 문제의 발단이었습니다. 별생각 없이 발바닥에 매달린 밤송이를 나뭇가지로 '툭' 하고 친 거죠. 십여 개의 밤송이 바늘이 발바닥에 꽂힌 채로 부러졌습니다.

불쾌한 고통이 시작됐습니다. 한 걸음 내디딜 때마다 발바닥으로 전해지는 아픔이 상당했습니다. 이건 아니다 싶어 아내에게 발바닥을 봐달라며 쭈욱 내밀었습니다. 마지못해 아내는 발바닥을 보더니 작은 점 같은 게 보인다며 손톱으로 살살 긁어봅니다. 바늘로 찌르는 느낌이 드는 게 밤송이 가시가 분명합니다. 아내가 신용카드 한 장을 꺼내어 이리저리 긁고 밀어내고 하더니 이내 작은 가시 하나를 빼냈습니다. 가시가 밀려 나올 때의 희열이 엄청났습니다.

그때였습니다. 처음엔 미적지근하게 반응하던 아내가 자세를 고쳐 잡더니 가시 빼는 작업에 제대로 집중하기 시작한 겁니다. 가시가 밀려 나오는 쾌감에 중독이라도 되었던 걸까요? 이후 1시간 동안이나 계속된 작업에 빼낸 가시만 무려 12개였습니다. 아내는 지친 기색도 없이 남은 가시가 없는지 이리저리 발바닥을 뒤집니다.

우리는 때로 "시간이 눈 깜짝할 사이에 지나갔어."라는 말을 하곤 합니다. 어떤 일에 몰입하다 보면 시간이 증발한 것 마냥 어느새 한두 시간이 흘러 있습니다. 이렇게 집중할 수 있다는 것은 그만큼 그 일에 '재미'를 느끼고 있다는 방증입니다. 그런데 이런 재미에 기반한 집중력은 사람을 점점 '중독'으로 이끈다는 문제가 있습니다. 게임 중독, 도박 중독 등등. 중독은 재미를 기반으로 사람을 고도로 집중하게 만듭니다.

하지만 이렇게 사람이 중독되는 과정을 이해한다면, 일상에서 마주하는 소소한 문제들을 좀 더 효율적으로 해결할 수 있습니다. 예를 들어, 직장에서 어려운 프로젝트를 맡았다고 가정해봅시다. 접근에서부터 막막함이 밀려올 수 있습니다. 집중도 안 되고 몰입은 더더욱 어렵습니다. 그런데 평소 자신이 특별히 집중할 수 있는 분야를 알고 있다면 얘기가 다릅니다. 관심 분야로 시작해 연결 고리를 이어가며 문제의 핵심을 파고드는 겁니다.

시각으로 보이는 무엇인가에 흥미를 느끼는 편이라면 관련 영상을 시청하고 분석하며 초기 기획을 세워봅니다. 또 책 읽기 등 텍스트에 흥미를 느낀다면 각종 서적에서 정보를 찾아봅니다.

너무 단순한 발상이라고요? 하지만 우리가 일상에서 재미를 느끼는 순간은 발바닥에 박힌 가시를 **빼낼** 때처럼 매우 사소한 순간이라는 것을 깨달아야 합니다. 조금 더 나은 내일을 꿈꾼다면, 사소하지만 집중할 수 있는 것들을 되도록 많이 찾는 지혜가 필요합니다.

그 사소함이 때론 중독의 위험성을 안고 있다 하더라도, 제대로만 길을 터준다면 당신에게 큰 힘이 되어 줄 겁니다.

딸에게 전하는
인생 명언

홀륭한 이들의 생활은 모두 단순하다.
그들은 쓸데없는 일에 마음 쓸 겨를이 없기 때문이다.

_레프 톨스토이

그림처럼 아름다운 사진,
또는 사진처럼 세밀한 그림

사람들은 광활한 폭포를 담은 사진을 보고, "와, 그림처럼 아름답다."라고 말하곤 합니다. 반면 세밀하게 그린 그림을 보고는 "사진처럼 생생해."라고 말합니다.

왜 잘 그린 그림을 사진에 비유하고, 잘 찍은 사진은 그림에 비유하는 걸까요? 아이러니합니다. 공들여서 찍고 그린 결과물이 정작 그 자체로 보이지 않는다니 말이죠.

십여 년 전 텔레비전 교양 프로그램에서 한 실험을 진행했습니다. 젊은 남녀들에게 여러 이성의 사진을 보여준 뒤, 그중 가장 마음에 드는 사람을 꼽으라고 주문합니다. 그런데 이 실험에는 한 가지 숨겨진 장치가 있었습니다. 사진 중에 피실험자의 얼굴을 합성해 만든 가상의 인물이 있었던 거죠.

결과는 놀라웠습니다. 거의 모든 피실험자가 자기 모습이 숨겨진 가상의 인물을 이상형으로 꼽은 겁니다. 놀랍지 않나요? 뭇사람들은 자신과 반대되는 사람에게서 매력을 느낀다고 말합니다. 하지만 이 실험의 결과만을 놓고 본다면, 대부분의 사람이 자기 모습이 투영된 대체물에 호감을 느낀다는 것을 알 수 있습니다.

이제 그림 같은 사진, 사진 같은 그림으로 생각을 옮겨봅니다. 언뜻 보기에 사람들은 그림이나 사진, 심지어 사람을 볼 때, 있는 모습 그 자체를 보지 않고 그것과 비슷한 대체물을 찾으려고 노력하는 듯합니다. 하지만 위의 실험에서와 같이 자신을 사랑하는 인간의 마음을 이해한다면 이런 현상을 다르게 바라볼 수 있습니다.

'심미안을 자극하는 대상을 다른 대체물로 표현하는 묘한 심리는 그 아름다움을 확장해 본래의 의미를 더 확실하게, 그리고 더 오래도록 보존하기 위함이 아닐까?'라고 말입니다.

이렇게 생각하니 사진 같은 그림, 그림 같은 사진, 그리고 자신을 닮은 이상형을 사랑하는 마음이 이해됩니다. 본래의 모습을 있는 그대로 바라보지 못하는 것이 아니라, 오히려 그 모습이 투영된 또 다른 무언가를 만듦으로써 그 아름다움을 확장하려는 것!

그렇습니다. 우리는 그 누구보다 본질을 사랑하고 있었습니다. 자기 자신을 포함해서 말이죠.

수많은 비교가 넘쳐나는 세상에서 자신을 온전히 사랑하기란 쉽지 않은 일입니다. 하지만 의식 너머에는 누구보다 자신을 아끼고 사랑하는 마음이 숨겨져 있었습니다.

이제 의심하는 마음 없이 마음껏 '그림 같은 사진', '사진 같은 그림'을 감상할 수 있습니다.

그리고 세월을 더해가며 서로 웃는 모습이 닮아가는 아내와 '첫딸은 아빠를 닮는다'는 세상의 진리를 고스란히 타고난 딸아이를 보며, 나 자신의 아름다운 확장을 경험합니다.

딸에게 전하는
인생 명언

사색은 지혜를 낳는다.

_관자

얼마나 깊이 고뇌할 수 있는지가
인간의 위치를 결정짓는다.

_프리드리히 니체

넘어버린 선을 뒤돌아보다

다정하고 재치 있는 사람은 어딜 가나 인기가 좋습니다. 여기에 배려심까지 더한다면 그를 싫어할 사람이 없습니다. 한편 어딘가 조금 허술해 보이는 사람도 주위 사람들에게 인기를 얻는 경우가 있습니다. 조금 부족해 보이는 모습이 상대에게 실소를 터뜨리게 하고 경계심을 늦추게 만들기 때문입니다. 그런 비주류인 듯 주류인 사람을 대할 때는 주의해야 할 점이 있습니다. 바로 상대가 주는 웃음을 '비웃음'으로 대하지 않도록 선을 지켜야 한다는 점입니다.

사무실에는 4살 많은 형이 있습니다. 그 형은 나름 인기남으로,

위에서 언급한 두 부류의 사람 중 후자 쪽에 가까운 인물입니다. 그 형과 관련된 에피소드를 하나 소개합니다.

어느 날, 미혼인 그 형이 저에게 이런 말을 하는 겁니다.

"나 이제 정신적인 사랑을 추구하기로 마음먹었어. 그걸 뭐라고 하더라?"

저는 그 말을 듣자, 평소 형이 늘 한 끗 차이로 용어를 헷갈렸던 터라 이번에는 뭐라고 할지 무척 궁금했습니다.

"그게 뭔데? 정신적 사랑? 그걸 칭하는 용어가 있어? 빨리 생각해봐!"

형은 다급하게 생각을 정리하는 듯 눈을 이리저리 굴리더니, 이내 대답합니다.

"플라시보 사랑?"

그 대답을 듣고, 순간 나도 모르게 크게 웃어버렸습니다. 오답인 걸 깨달은 형은 의미심장한 표정으로 대답을 정정합니다.

"아아, 잠깐 헷갈렸다. 플라스틱 사랑?"

아니 플라스틱 사랑이라니요. 형이상학적이고 감성 가득한 '사랑'이라는 단어는 건조하고 딱딱한 플라스틱과는 절대 어울리지 않습니다. 이건 조금 심하다 싶어 정색한 표정으로 "플라토닉 사랑이겠지."라고 말해주었습니다.

그런데 정색하는 저를 보고 형이 무척이나 민망해하는 것이었습니다. 그 순간 상대의 실수를 의도적인 놀림감의 하나로 여긴 것은 아닌지 후회가 되었습니다. 그래서 곧 "헷갈릴 수도 있지."라며 상황을 얼버무렸습니다.

우리는 때로 상대의 허술함을 비난과 놀림의 대상으로 여기곤 합니다. 그 허술한 모습이 털털하고 재미있다며 치켜세워주다가도 어느 순간 선을 넘어 무지하다고 손가락질합니다. 상대가 모르는 것을 알고 있는 경우는 대부분 관심 분야가 달라서 생기는 것인데도 말이죠.

오늘도 사람과의 관계에서 선을 넘지는 않았나 자신을 되돌아봅니다. 물론 오늘도 '피톤치드'를 '치톤피드'라고 말하는 형을 마주하지만, 일상 중 소소한 재미를 선사해주니 얼마나 고마운 일입니까.

그렇게 그 형과의 선을 지켜나갑니다.

딸에게 전하는
인생 명언

주위 사람을 웃길 수 있는 사람만
천국에 갈 자격이 있다.

_코란

유머 감각이 없는 사람은 스프링 없는 마차와 같다.
길 위의 모든 돌멩이에 부딪힐 때마다 삐걱거린다.

_헨리 워드 비처

'귀찮지만'의 삶의 효용

퇴근을 하고 집에 왔습니다.

문을 열고 현관에 들어서니 정리해야 할 것들이 눈에 들어옵니다. 한두 가지가 아닙니다. 계절이 지나 신발장에 넣어야 할 슬리퍼, 찢어진 채 정리되지 않은 택배 박스, 급하게 벗어 던진 양말…. 마음 한편에 '귀찮다.'라는 생각이 들자 의외로 쉽게 외면할 수 있습니다.

그런데 오늘은 이렇게 생각해봅니다.

'귀찮지만.'

귀찮지만 당분간 신지 않는 슬리퍼를 손에 집어 듭니다. 그리고 신발장에 넣습니다. 하나가 정리되니 정리되지 않은 것들이 눈에 더 거슬립니다. 또 속으로 되뇝니다.

'귀찮지만.'

귀찮지만 찢어진 택배 박스를 정리해 차곡차곡 쌓습니다. 균일하게 쌓여가는 박스에 생각마저 정리되는 기분입니다. 마음속으로 연신 '귀찮지만'을 읊조리며 하나씩 정리하다 보니 온 집 안이 깨끗해집니다.

높은 계단을 오른다고 상상해봅시다.
정상을 바라보고 계단을 오르기 시작하면 중간에 힘이 빠져 얼마 가지 못합니다. 아니, 아예 시작하기를 포기해버릴지도 모릅니다. 반면, 한 발을 들어 다음 계단을 오르는 일은 누구나 할 수 있습니다. 맞습니다. 꼭대기를 오르는 일은 눈앞의 한 계단을 오르는 일의 반복일 뿐입니다.

누구나 다 귀찮습니다.

귀찮지만 누군가는 한 걸음을 내딛고, 누군가는 꼭대기를 멍하니 바라만 봅니다. '귀찮다.'에서 생각이 멈추는 사람은 인생에서 어렵게 찾아오는 기회를 잡을 수 없습니다.

오늘부터라도 '귀찮지만' 뭔가를 해보세요.

신발장에 널브러져 있는 슬리퍼를 정리했을 뿐인데 온 집 안이 말끔해졌습니다.

더불어 아내에게 칭찬까지 들었습니다. 이 얼마나 값진 한 걸음입니까.

딸에게 전하는
인생 명언

> 실패로부터 성공을 배워라.
> 좌절과 실패는 성공으로 가는
> 두 가지의 가장 확실한 디딤돌이다.
>
> _데일 카네기

> 빨리 성공하려면 더 많이 실패해야 한다.
> 성공은 실패의 맨 끝에 있으니까.
>
> _토머스 왓슨

> 실패했다고 해서 스스로를 괴롭히지 마라.
> 실패를 자꾸 괴로워하는 것은
> 다음 일도 실패로 이끄는 원인이 된다.
>
> _버트런드 러셀

기승전 딸

지금까지의 삶, 그리고 앞으로의 삶을 통틀어 가장 아끼고 사랑할 존재는 바로 딸아이입니다. 하루하루 쌓여가는 아이와의 추억이 인생을 살아낼 버팀목이 되어주리라 믿습니다.

인생은 늘 새롭기에 설렘 가득하기도, 하염없이 불안하기도 합니다. 그 설렘과 불안 사이에서도 늘 희망을 찾을 수 있는 이유는 내 전부를 내어주어도 아까울 것이 없는 딸아이가 있기 때문입니다.

이제껏 한 자 한 자 적어 내려간 딸아이의 기록을 되짚어보니, 정작 자라난 것은 내 마음임을 깨닫습니다.

마지막으로, 아이에 대한 온전한 사랑을 글자에 담아 책의 제목을 직접 써준 아내에게 고마움을 전합니다.